ON DIRAIT MA FEMME ...EN MIEUX

ROBERT CHARLEBOIS

ON DIRAIT MA FEMME ...EN MIEUX

roman

Stanké

Données de catalogage avant publication (Canada)

Charlebois, Robert, 1944-
On dirait ma femme -- en mieux

ISBN 2-7604-0642-3

I. Titre.

PS8555.H419O5 1998 C843'.54 C98-941018-8
PS9555.H419O5 1998
PQ3919.2.C42O5 1998

ISBN 2-7604-0642-3

Dépôt légal: Bibliothèque nationale du Québec, 1999

Les Éditions internationales Alain Stanké bénéficient du soutien financier du Conseil des Arts du Canada et de la Société de développement des entreprises culturelles (SODEC) pour leur programme de publication.

Les Éditions internationales Alain Stanké
615, boulevard René-Lévesque Ouest, bureau 1100
Montréal (Québec) H3B 1P5
Téléphone: (514) 396-5151
Télécopieur: (514) 396-0440

IMPRIMÉ AU QUÉBEC (Canada)

À Laurence
Impossible de trouver mieux
en amour et en humour

1

Un flop en or

Samson Micreault était en eau. Il s'épongeait le torse en roulant son front sur la fenêtre panoramique givrée, pour se rafraîchir. Dehors, la neige n'arrêtait pas de tourbillonner, comme dans une boule de plastique *made in Taiwan,* qu'on vient juste de secouer. Le vent hurlait dans les sapins. On devinait à peine les cimes rocailleuses des montagnes, posées comme de grosses molaires sous la pleine lune. Pas d'ours polaire, pas de grizzly, pas de loup blanc solitaire, ni couguars, ni orignaux, ni lac turquoise, ni océan Pacifique. On était au cœur de l'Ouest. Le vrai: celui du continent asiatique. J'ai nommé la Suisse.

Devant l'horizon qui s'étendait à ses pieds, les seuls Espaces qu'il apercevait étaient les deux véhicules que la compagnie Renault avait mis à la disposition des personnalités pour cet événement prestigieux.

— ZZZTCHACK!

ON DIRAIT MA FEMME ...EN MIEUX

Une production de
ALAIN STANKÉ et BERNARD FIXOT
D'après un texte original de
ROBERT CHARLEBOIS

Agent	ROBERT VINET
Droits	PATRICK LEIMGRUBER
Chef de la production	DANIEL BERTRAND
Direction générale	Sylvie Sauriol
Chef de groupe	André Rousseau
Direction financière	Pierre Couillard
Attaché de presse	Daniel Meyer
Révision	Patrick Walter
Conseil baragouin	Jean-Louis Morgan
Conseil apologétique	Marie Poirier
Conseil juridique	Me Bernard Pageau
Copiste	Solange Bergevin
Assistance et café	Luc Quintal
Chauffeur	Jean-Marie Beauregard

Les notes de l'auteur ont été prises à l'aide de stylos PILOT HI-TEC-POINT V7 sur des carnets RHODIA N° 11 et transcrites sur cahiers à anneaux CONQUÉRANT.

Édité au Canada par les **Éditions internationales Alain Stanké**
Distribué par **Québec-Livres** sous l'habile direction de Jacques Boutin et d'Alain Laberge
Édité en France par les **Éditions Robert Laffont**

NOTE:
Ce livre a quatre coins si denses
que tous les personnages ne sont que
coïncidence!

Imprimé sur papier Édition 400
Composé en Times corps 13 sur 16
Achevé d'imprimé avant d'être distribué

Samson Micreault claqua la porte de sa loge, amèrement déçu par sa miniprestation au profit de la Croix-Rouge, à Gstaad. Il était à la fois triste et blessé. Pas d'une tristesse joyeuse, comme chez les pleureuses professionnelles, mais d'une vraie tristesse. Bien grise, bien sale, bien froide. Et blessé parce qu'un triangle de Toblerone géant, trop glacé, dans lequel il avait mordu avec colère, lui avait perforé le palais. Gsthâââd, comme le prononce sa *next* ex-belle sœur qui skie un tout petit peu «SNOWB», avec ses sapins satinés, ses catins patinées et ses remonte-pentes argentés, était la plus classieuse station des Alpes suisses. Les chalets de bois de la rue principale, où résonnait encore la contagieuse *Mélodie du bonheur,* s'étaient fondus en une immense boutique de cadeaux, à mi-chemin entre le très parisien *Faubourg Saint-Honoré* et la très hollywoodienne *Rodeo Drive*. Tout le *jet set* international venait y faire son *shopping* de Noël. Z'ont toutes les marques. Z'ont don' de belles choses.

Samson slalomait parmi ce flot de cons qui magasinaient sous les flocons. On y croisait, pêle-mêle, des stars internationales de la télévision et du cinéma, des industriels milliardaires, des surfeurs aux yeux de ratons laveurs agrippés à leur planche, des princes ruinés mais pas pauvres et de très jolies skieuses en combinaison pastel fourrée. Même les clochards avaient leur téléphone cellulaire et étaient équipés d'une repasseuse Visa. La crise n'avait pas épargné ce petit coin de paradis fiscal, et on y comptait tout de même deux chômeurs et un sans-abri avec un remarquable huit de handicap au golf.

Le palace, où avait lieu depuis toujours le galantissime gala de bienfaisance du bijou et de la fourrure, était le rendez-vous incontournable de l'après-ski. Notre chanteur au physique de bûcheron et à la voix rocailleuse avait été accueilli comme un roi par les valets de ce palais scintillant de Boucheron. Il en repartait comme un deux de pique, la tête basse et la queue entre les jambes. Sa carrière en peau de chagrin avait miraculeusement duré trente-cinq ans.

«Faut qu'ça cesse, faut qu'ça se termine, bout de crisse!

Je veux qu'ça s'arrête avant que ça finisse!»

Quelques années auparavant, sur cette même scène, Frank Sinatra l'avait plus que poliment applaudi. Il avait aimé puis détesté puis adoré Frankie; un crooner qui interprète Kurt Weill et Rachmaninov ne peut être complètement mauvais. Ce qu'il chantait était simple, fort et fait pour durer. Avec le temps, Samson avait compris qu'écrire compliqué était facile. Depuis qu'il avait perdu ses parents, ça lui réchauffait le cœur d'imaginer sa mère en *bobby soxers* avec ses grosses chaussettes blanches et ses chaussures bicolores, en train de se pâmer sur *Night and Day* ou *Put your Dreams away*. Ce soir-là, *The Voice* lui avait même offert un verre de vodka, clignant un de ses *old blue eyes* en claironnant «*I' ll talk to you* ***another time****, when you' ll be properly dressed!*» À lui, qui étrennait un smoking bleu nuit, fait sur mesure et cousu main par Nino Cerutti lui-même personnellement en personne. Avec le temps, ce *another time* avait été transformé en *nevermore,* une page de sa vie venait d'être tour -

née et cette blague ne le faisait même plus sourire. Le mot *nevermore,* le plus sombre et le plus angoissant de toute la langue anglaise, lui déchira l'âme sur un accord fortissimo en *si* mineur, plaqué par vingt-quatre violons, douze altos, six violoncelles et trois contrebasses, arrangé par Nelson Riddle et dirigé par Don Costa. Ensuite, Roger Moore s'était levé d'un bond pour lui taper sur l'épaule en lui disant, la langue dans sa joue: «*Bond. My name is Bond. James Bond.* Bravo, *young frog.*» Plus tard, Julie Andrews et tous les organisateurs avec leurs épouses chromées avaient suivi de leurs *bravi*. Mais cette fois-ci, personne. Rien. Zéro. Zilch. Le bide. Le vide. Le gros *down.*

Bien sûr, il y avait des choses pires. Il se consola en pensant à tous ceux qui, à l'instant dans le monde, mouraient de la lèpre et de la faim alors que lui mourait de soif au cœur d'une orgie de champagne et de Vosne Romanée Conti. Pas le moindre houblon, pas la moindre bière à l'horizon. Il dut se contenter d'une triste hollandaise chaude qui traînait dans la loge poussiéreuse des machinistes. Elle lui sembla plus mouffetée que d'habitude. «Quand je pense que ma femme et mes enfants s'imaginent que je m'amuse», grimaça-t-il en la calant d'une gorgée. Décidément, en cette fin de soirée décadente, Heineken[1], ce contem-

---

[1] Auteur du fameux théorème: «Tout hooligan plongé dans l'alcool devient saoul.»

porain de Heidegger (1889-1976), était loin d'être son philosophe préféré.

C'est vrai que le son était pourri, l'éclairage à chier, qu'il avait préféré chanter seul sur un piano à queue circoncis et mal accordé, plutôt que d'être accompagné par un *combo* de circonstance aux bras cassés. C'est vrai que son sourire forcé n'arrivait pas à masquer une mauvaise grippe qui le faisait transpirer comme un footballeur brésilien à la mi-temps du Mondial. C'est vrai que sa grande chanson *Un ordinateur ben ordinaire*, qui d'habitude faisait lever le poil des bras à tout le monde, avait laissé tous ces pingouins de glace. Ils avaient continué à chuchoter entre eux en s'écoutant fumer. C'est vrai que même son gros tube sur le Saint-Laurent, orné de chênes vénérables et de majestueux érables, les avait tous laissés de marbre. C'est encore vrai qu'on l'avait inséré comme bouche-trou entre la dernière surenchère d'un charmant vison blanc et le tirage d'une rutilante Rolls Royce décapotable dorée. C'est vrai aussi que s'il avait eu son orchestre à lui, qui le suivait depuis tant d'années, avec sa rythmique de virtuoses électriques, ses cuivres qui pètent le feu, bon, mais pourquoi pas aussi son équipe technique enfin, et c'est vrai qu'un gala de charité ne doit pas coûter trop cher! Faut pas exagérer, les gars. L'artiste lui aussi doit être un généreux donateur. C'est vrai surtout que le public n'avait pas beaucoup de talent. Qu'il était même puant. Des parvenus, des émirs arabes, des banquiers, des diamantaires, des Américains *heavy,* des fourreurs, des crosseurs. Et pour couronner le tout, une douzaine de tables d'Italuifs provinciaux, à la sauce Monte Carlo, dont les femmes croulaient sous le poids des colliers et des bracelets, probablement fondus avec l'or que les nazis avaient piqué à leurs parents, et qu'ils ont racheté *cash* à Zurich avec l'usufruit de leurs évasions fiscales. Une Orreur.

Dans la Renault Espace qui le ramenait à l'aéroport de Genève, en valsant sur la névasse, il essaya de ne penser à rien. Impossible. Il n'avait jamais réussi à ne penser à rien. Même en se bouchant les oreilles, déguisé en Krishna et concentré comme un jus d'orange pour écouter de la musique *new age*. Non. Il n'avait jamais non plus trouvé en lui le courage de ne rien faire. C'était au-dessus de ses forces. L'arrière-goût du *flop,* encore tout nouveau, lui remontait dans le gorgoton à chaque courbe. Et des courbes, il y en avait.

Soudain, l'idée qu'il allait retrouver sa petite famille à la Guadenique pour célébrer le réveillon de l'an 2000 lui redonna le sourire. Il oublia même qu'il allait passer la veille de Noël dans l'avion. «Ici c'est Genève», lui dit le chauffeur de taxi. «Ici aussi», répondit-il machinalement de la banquette arrière. «Je vous ai reconnu tout de suite, Monsieur Perret. On ne vous entend presque plus maintenant tourner à la radio. Dans les années septante, vous aviez un truc énorme. Un machin qui était sur toutes les lèvres et dans toutes les bouches. Ma femme l'avait sur le bout de la langue, hier. J'ai oublié le titre…

J'attends d'avoir un disque qui fait très mal pour retourner faire des radios, répliquais-je en me massant le dos.

Le chauffeur n'a pas bronché. Quatre mesures plus tard, il a rajouté, pressé:

«Y'a pas le feu au lac, mais j'ai d'autres vedettes à voiturer.»

La vue et l'ouïe très faibles ou un sens de l'humour très fort, cet Helvète. Mais là où il avait raison, c'est qu'il y a de plus en plus de vedettes et de moins en moins d'artistes sur cette planète.

2

Bière qui roule amasse la mousse

Comme d'habitude, le Genève-Paris allait être bourré exclusivement d'hommes d'affaires très gris et aigris, auprès desquels il faisait figure de terroriste, avec sa veste moutarde et sa chemise olive sans cravate. Pas une seule femme, même les hôtesses étaient des hommes.

La fin de ce millénaire qui s'évaporait comme sa carrière avait été très bonne pour lui. Sa vie était loin d'être un drame de la misère. Longtemps brasseur de micro, il était devenu microbrasseur vers la fin des années 80, et tout le monde, à part un chauffeur de taxi suisse, le connaissait et le reconnaissait partout où il allait. Tant que vous gagnez de l'argent et que vous avez un rôle dans cette société qui se fout de votre âme, les gens vous respectent. On se lasse d'être une star, mais on ne se lasse jamais d'être riche, même les jours où on a envie de ne rien acheter. C'est ce qu'il était en train de se dire en se dirigeant vers le bar, lorsque la seule souris de l'aérogare se précipita vers lui pour un autographe. C'était une laide zeppelin, avec une face de pizza et des *fuck me boots* en plastique rouge qui lui étranglaient les cuisses. Elle lui dicta la dédicace à la lettre, avec son nom de famille au complet: «Descovolaverskotchevitchniewinsky, mettez-moi un petit bout de tendresse et amitié, s'il vous plaît, et n'oubliez pas la date.»

En attendant son zinc, accoudé au zinc, il dut se contenter d'une Grimbergen, le barman n'ayant jamais entendu parler de *La Fin du monde*. Elle était bien servie, mais un peu trop sucrée à son goût.

En montant dans l'avion, il pensait que s'il aimait la bière et les femmes depuis son adolescence, il se contentait depuis un bon bout de temps des siennes; ses bières à lui et sa femme, Rébecca, dont il était encore éperdument amoureux après un quart de siècle. Contrairement aux cervoises, il se contentait de regarder les autres créatures sans y goûter.

— Votre ceinture, M. Micreault. *La Tribune de Genève?* le *Financial Post* pour terminer l'année nonante-neuf?

La cinquantaine bien frappée, Samson était un peu déçu par la petitesse de sa vie. Même s'il savait bien, après toutes ces années, où placer les accords et les mots, il était trop original pour faire des chansons commerciales. C'était comme ça, et ça ne pouvait pas être autrement. Quant à la bière, même si des gros brasseurs, comme Molson, Labatt, Hanhauser-Bush et beaucoup d'autres, lui avaient offert un pont d'or, il avait toujours refusé de vendre son âme au Diable. Mais le Diable, qui est toujours fourré dans les avions depuis que le ciel lui est interdit, se doutait bien que, pour la somme rondelette de cent millions de dollars, même canadiens, il se ferait répondre, «Va-t'en pas trop loin avec ton fourquet, mon bonhomme!»

Pour l'instant, il n'avait pas d'hélicoptère à lui, ni de jet privé, avec sauna en cèdre du Liban, comme plusieurs de ses collègues américains et quelques grands financiers qu'il fréquentait certains soirs dans les hautes sphères. Les mondanités l'amusaient de moins en moins, mais trois ou quatre fois par année, il enfilait sa veste de smoking Polo à carreaux pour aller plastronner dans les salons. Il jouait humblement son rôle de célébrité, ce qui le grandissait davantage aux yeux de tous ces milliardaires!

À force de mixer des disques sur quarante-huit pistes, son métier lui avait donné l'indépendance des deux oreilles. Il considérait ces cocktails dînatoires comme des cours du soir accélérés en *business administration*. Les ponces de la phynance, qui n'y connaissaient pas grand-chose en musique, appréciaient beaucoup ses chansons au piano, et les artistes, qui n'y connaissent strictement rien en affaires, le considéraient comme un virtuose de l'économie internationale. Ainsi, il pouvait surfer sur le meilleur des deux mondes, de New York à Paris, en passant par Chicoutimi.

Sa vie, qu'il n'avait pas choisie, était un bordel ordonné, petit mélange de *Being There*[1] et de *Forrest Gump,* deux films qui l'avaient profondément marqué. Heureusement qu'il avait une femme géniale. Un vrai radar du sexe phare. Il était convaincu qu'elle l'aurait retrouvé dans une coquille de noix perdue au milieu de l'océan. Ce dont il ne se doutait pas, c'est qu'elle aurait hésité très, très, mais très longtemps avant de le laisser partir pour une transat en solitaire. Il avait aussi un agent précis, fidèle et honnête, ce qui est rare comme de la merde de pape dans le showbiz, et pour diriger sa microbrasserie, qui devenait de plus en plus méga, des partenaires rigoureux et méthodiques, tout le contraire de lui-même, qui le ramenaient au sol de temps en temps. Au début, il s'était dit simplement: «Tant qu'à aimer la bière, je vais m'en faire de la bonne.» En moins de dix ans, cette passion artisanale était devenue une entreprise cotée en Bourse qui le dépassait au plan administratif.

---

[1] «Au revoir Monsieur Chance.»

Grâce à tout ce petit monde, il avait réussi à traverser sa vie en faisant ces deux métiers de fou sans le moindre agenda. Au fond, personne ne veut travailler. Ce que tout le monde veut, c'est un rôle dans la société. Et lui, il en avait deux. Deux rêves. Sa vie pratique tenait dans un petit porte-cartes en tole galvanisée, Visa, assurance-santé, téléphone et permis de conduire.

Grâce aux trucs mnémotechniques que la musique lui avait enseignés, il aurait pu apprendre 2000 numéros par cœur, comme René, un de ses amis golfeur belge de l'agroalimentaire. Mais il se contentait de cinq ou six, parce qu'il n'aimait pas téléphoner. Sa montre indiquait toujours le bonheur plutôt que la bonne heure.

Déjà on atterrissait à Charles-de-Gaulle. Le vol lui avait semblé une pinotte, absorbé qu'il était par toutes ses jongleries. Malgré un ciel bouché gris sur fond gris sur fond gris foncé. Parlant de bonne heure, il en avait une à tuer. Une fois ses bagages et sa guitare enregistrés. «Si vous pouviez enregistrer ma guitare en stéréo avec un peu d'écho et de *reverb* dans les aigus, s'il vous plaît», ce qui ne dérida pas la jolie brune piquante, mais très sévère, d'*Air France*. Il se dirigea, penaud d'avoir raté son gag, vers le kiosque à journaux. Dans moins d'une heure, un grand Boeing bleu de mer l'emporterait vers les Antilles. Après ce vol exclusivement viril, comme c'était bon de retrouver la présence des femmes! Et Charles-de-Gaulle n'en manquait pas. Il en sortait de partout.

En passant devant le rayon de la presse féminine, il réalisa plus que jamais qu'il était constamment entouré d'hommes dans son travail. Musiciens, techniciens, machinistes, éclairagistes, producteurs, chauffeurs, ingénieurs, maîtres brasseurs, administrateurs, contrôleurs, vendeurs, camionneurs. Lui qui, tout jeune, rêvait d'être couturier pour être entouré de jolies filles, et avoir tout le magasin de bonbons à lui. C'est bien connu que la plupart d'entre eux sont gays, et pour notre héros, chaque gay était un rival de moins. Comme le racontait son vieux copain Clown Meunier, il y a plusieurs homosexuels qui sont d'excellents couturiers. Par contre, il y a plusieurs couturiers qui sont d'excellents homosexuels. Ah! dessiner des robes légères, fluides, unies, fleuries, des sous-vêtements, des maillots de bain en matière noble! Le ciel sur la terre! Mais pour ça, il fallait savoir dessiner, et Samson était à peine capable de croquer une paire de lunettes.

Les relations homme-femme étant la seule chose dont il ne se lassait jamais, il tomba en arrêt devant un *Biba*. «Les liaisons dangereuses et très dangereuses des sports d'hiver.» Un *Vital*. «Êtes-vous une vraie séductrice?» Un *Marie Claire* avec l'incontournable

«Comment j'ai trompé Georges avec François tout en perdant six kilos», et la très sérieuse revue *Psychologie,* «Neuf Français sur dix pensent que la fidélité est le plus important dans l'amour, et 39% croient qu'on peut aimer deux personnes à la fois». Il en déduisit qu'il fallait être deux fois plus fidèle si on aime deux femmes en même temps, et quand on n'est pas un homme à deux cœurs, ça fait peur. Allez, je prends tout. Le voyage va être long, et *L'Expansion* avec ça pour ne pas perdre le nord, «Les nouvelles relations patrons-cadres-employés», «Optimisez votre compagnie et *Up, the Organisation*».

Il se retrouva à la caisse derrière une créature angélique qui attendait un sachet pour dissimuler *L'Équipe* et une bande dessinée érotico-porno très pour adultes qui n'allait pas du tout avec son allure. Elle portait un tailleur sable, décolleté, juste assez trop comme il faut, et une jupe qui tombait ni au-dessus, ni au-dessous, mais pile sur le genou mettant en valeur la sensualité de son creux poplité. Une jupe tellement seyante qu'il aurait bien aimé lui emprunter pour une demi-heure. Son regard court-circuita le sien pendant le temps d'une double croche intense, magique, mystique, totale, durant lequel on se fait un scénario torride, qui se dégrade généralement par la suite quand on commence à parler cinéma, littérature et politique autour d'un verre. Pétrifié par cette silhouette de rêve, il en resta figé sur place d'émotion. Ce port de tête, cette coiffure, le naturel de cette ondulation dans ses cheveux, cette manière impériale d'être campée sur ses mollets! Wow! Ça devrait être interdit par la loi d'être belle comme ça. «Monsieur, monsieur, revenez parmi nous. Ça fait deux cent cinquante francs.» Visa *shlick a'shlick*. «Monsieur! Ah! ces artistes, monsieur, vous oubliez votre carte.»

La rose des sables avait disparu.

Samson eut une moue dédaigneuse en passant devant la boutique hors taxes. Il aimait voyager léger. Jamais de bagage à main. Tout au plus quelques magazines et journaux. Planer en donnant l'impression de flâner était une image de lui qu'il aimait bien montrer au public. Re-la-xe-te. Il n'avait jamais compris pourquoi des gens qui payent un billet d'avion trois mille dollars sont prêts à s'arracher les doigts sur un sac de plastique pour économiser deux euros sur quatre litres d'alcool. Lui, sa boisson, il aimait bien la porter, mais à l'intérieur.

Une caissière boulotte et rigolote se rua sur lui, armée d'un cahier et d'un stylo. «Monsieur Micreault, est-ce bien moi qui vous ai vu la semaine dernière à la télé?» Samson avait remarqué au fil des années que la plupart de ses patientes (c'est ainsi qu'il baptisait affectueusement ses fans) avaient un bon sens de l'humour. Il la trouva tordante, mais l'avait-elle fait exprès?

Et pourquoi ses collègues comme Patriiiick, Julien, Frangcisse, et même les vétérans comme Eddy, Michel et Johnny, attiraient-ils toujours des filles superbes, style mannequin super sexy, avec des jambes d'un kilomètre de long, alors que lui tombait la plupart du temps, pas toujours heureusement, sur des marrantes ou des crapets-soleils[1]. Il se consola en se disant que tous ces chanteurs de charme ne trouveraient jamais une femme comme la sienne, aussi belle, gentille et généreuse. La vraie justice, la voilà. C'était ça la revanche du karma. Bout de crisse, quand je pense qu'il y a des millions d'hommes sur cette terre qui réussissent à se passer de ma femme tous les jours de leur vie! Mais comment font-ils? On ne comprend jamais les amours des autres.

En effet, Samson avait trouvé en Rébecca la femme totale. *Wonder woman,* amie, amante, bébé, maman, putain, partenaire, complice, maîtresse, *waitress,* hardeuse, confidente et... fidèle.

Son billet d'*Air France* à la main, il joua les artistes distraits en se précipitant au Salon feuille d'érable d'*Air Canada.* Une charmante hôtesse l'interpella:

---

[1] Poisson multicolore de la famille des aplatis qu'on trouve à profusion dans les lacs du Canada. *Pop.*: boudin.

— Vous nous faites une petite infidélité, pour terminer le millénaire, M. Micreault!

— Ah! Marie-Paule!

Après tant d'années à voyager, il connaissait toutes les hôtesses par leur prénom, ou alors il suffisait de pouvoir lire la petite badge épinglée au-dessus de leur sein gauche.

— Ma belle Marie-Paule, ne prononcez pas des mots comme ça à un homme en manque qui s'ennuie. Surtout qu'avec une jolie fille comme vous, on est toujours en bonne compagnie! Mais je ne rentre pas sur Montréal d'où, avec un seul vol direct le samedi, vous desservez bien chichement les Antilles (*Author's message*). Je vais voir au fond s'il n'y a pas une section économique de *La Presse* qui traîne quelque part.

En fait, la seule chose qui l'intéressait vraiment était d'aller savourer une bonne *Raftman pression,* dont s'enorgueillissaient depuis quelque temps les salons d'*Air Canada*. La *grimm'* lui était restée au palais. Il n'allait quand même pas monter au ciel avec cet arrière-goût de petite bière d'abbaye dans la bouche.

Il tomba sur un Torontois buveur de *Bud,* qui découvrait, les yeux arrondis, une mousse sur lie au malt de whisky fumée à la tourbe, pour la première fois de sa vie. Il s'agrippait au comptoir, n'en croyant pas ses papilles gustatives. Le choc culturel était un peu trop fort pour lui.

— *What the fuck is that?*

Samson Micreault lui répondit que «ouate de phoque» serait un très beau nom pour une *cream beer* québécoise. Il avala goulûment une deuxième, puis une troisième gorgée de *Raftman* avec le sourire. Ce yuppie à bretelles allait manifestement devenir un de ses prochains clients. Près de la pompe, une dame d'un âge certain dégustait un cocktail de *Blanche-de-Chambly* et jus d'orange.

— Mais c'est royal! fit-elle en roulant ses yeux au ciel. Hem! c'est di-vin!

— Non, c'est d'la bière, répondit-il, un peu honteux de ce mauvais jeu de mots. Et, flairant le prochain autographe, il fixa sa montre en se tapant le front avec la paume de sa main droite. «Woups-pe-laye! je me suis trompé de salon.»

Et après avoir sifflé sa dernière gorgée en un clin d'œil, il se dirigea d'un pas joyeux vers son vol *Air France*. Le clignotant lumineux et le hall désert signalaient que l'embarquement était commencé depuis longtemps. Samson allait enfin pouvoir se détendre un peu après ces trois jours de folie. La Croix-Rouge avait récolté plus de huit cent mille dollars, et même si les trois quarts allaient passer en frais d'administration, c'était mieux qu'un coup de pied dans le cul pour tous les malheureux du tiers-monde. L'idée qu'il allait soulager un peu de misère par sa modeste contribution mit un baume sur sa piètre performance.

Hooouuh! Booouuh! Il entra dans la cabine sous les huées des passagers qui secouaient la tête de gauche à droite en grognant «ntss-ntss-ntss-ntss-ntss». Merde! C'est pire que je croyais! Ma carrière est en chute libre! J'ai fait le combat de trop. Je suis un chanteur fini! C'est foutu!

Un sosie de Linda de Suza lui lança un journal portugais.

— Vous êtes en retard! *Esta nevando en Buenos Aires por causa del Niña.* Vous êtes même TRÈS, TRÈS en retard.

— Quoi? Je ne suis pas dans l'avion pour Fort-de-Pitre?

— Non, monsieur. Nous atterrissons à Buenos Aires dans neuf heures, après une courte escale à Rio.

La passerelle se rétractait pendant que l'avion reculait lentement.

— Que-oi? Écoutez! C'est catastrophique! Ouvrez cette porte, je vais sauter! Je ne peux pas passer le Nouvel An à Rio! Non, mais je rêve, à Rio, non, ma famille, mes amis, mes bagages! C'est capital! C'est important! C'est une urgence atomique! On m'attend! J'ai un concert pour l'Unicef! Pitié! Le sida! La fibrose kystique! Au secours! Les femmes battues! À moi! Stop! Halte! Les cardiaques, les alcooliques anonymes, le cancer! Wo! *Back!* Toutes les télés du monde comptent sur moi! Arrêtez tout! Je suis sérieux. Descendez-moi... avec un quarante-cinq si vous voulez... tout de suite, sinon je hurle *La danse des canards* a capella dans votre micro de merde pendant toute la durée du vol. Croyez-moi, j'ai passé l'âge de faire des farces! *I'm deadly serious about it.*

Samson s'empara du micro et attaqua *La danse des canards,* dans une interprétation que Sid Vicious lui aurait enviée. Devant la gravité de cette menace, le pilote, grimaçant de douleur, arracha son casque, remit l'avion en marche avant, vers la passerelle accordéon.

Notre vieux rocker avait eu des sueurs de glace!

Quelques portes plus loin, une superbe mulâtresse toute souriante lui dit, de sa voix de canne à sucre avec une pointe d'accent du midi:

— Pour la Guadenique, c'est ici, et vous avez tout votre temps.

Pourquoi elle ne me demande pas d'autographe, celle-là? Évidemment, c'est toujours comme ça.

Elle lui remit une paire de jolies maracas en bois de rose du pays aux couleurs rasta. *Air France* avait fait des frais, et le réveillon de Noël dans l'avion allait être typique. Les petites femmes créoles le fascinaient depuis toujours parce qu'il percevait en elles une grande part de rêve. Décidément, ces métissages africain, français, anglais et espagnol étaient une grande réussite de la Caraïbe et un bienfait pour tout le genre humain.

Il faut dire qu'au Québec la saison de la cuisse est très courte. Les filles ont beau être jolies, de novembre à avril, il faut le deviner. Elles se couvrent de la tête aux pieds et n'ont rien à envier aux musulmanes.

Dans la chaleur des Tropiques, toute l'année on voit les seins des filles qui piquent comme des aiguilles à travers le coton frêle, et sous les jupes des bananiers la saison de la cuisse dorée est sans fin.

Perdu dans ses rêveries, notre homme se laissa choir dans le siège A1 dont le cuir gris souris l'accueillit soyeusement d'un confortable ssssshhhh-htttttffff! Ça le consola presque de n'avoir pas de jet privé. L'adrénaline commençait enfin à redescendre. Il se mit à feuilleter distraitement son *Expansion,* pendant qu'un groupe de *hall trotters,* munis de petites maracas en plastique — classe touriste, évidemment — se hâtait lentement vers le fond de l'appareil. Ils sont de plus en plus nombreux, et ça ne va pas s'arranger avec les années. Leurs gros Adidas leur font des pieds de plâtre, qu'ils font trotter de halls de gare en halls d'hôtel, et de halls d'hôtel en halls de gare, à longueur d'année. On appelle ça des voyageurs organisés. C'est une race insupportable! Ce tourisme de masse est devenu un fléau planétaire. Si un seul d'entre eux vous débusque, vous êtes fait! Leur technique est toujours la même, faire semblant de ne pas vous avoir reconnu en se penchant vers l'oreille du voisin. Les femmes ont des cheveux frisés gris très serrés, avec des robes à grosses fleurs et des pulls en laine qui peluchent. Les hommes sont encore pire. Après le passage du dernier kodak, il releva prudemment la tête de son *Expansion* en respirant par le nez. Soudain, il reçut un violent uppercut au creux de la narine gauche, suivi d'un direct au cœur. Une *Black* ruisselante de deux cent cinquante kilos, maquillée comme un camion volé, vêtue d'une tunique turquoise qui lui donnait l'air d'une piscine hors-terre et que les effluves de son parfum vestiaire de *YMCA* avaient précédées, se laissa tomber comme un cheval mort à côté de lui. Pour sentir fort comme ça, il faut le faire exprès.

Le cuir lâcha un «ouache» de désespoir. Même s'il avait le seuil de la douleur très haut, la souffrance olfactive a ses limites, et Samson ne se voyait pas coincé sept heures avec cette «matante» mastodonte débordant sur sa droite. Ventilateur au boutt', à tribord toutt'! La charmante hôtesse café au lait réapparut comme une bouée de sauvetage et tenta d'expliquer à la piscine, de plus en plus creusée maintenant, qu'elle n'était pas à sa place.

— Vous avez un billet classe touriste, et ici c'est la classe affaires, Madame.

— Mais je ne vais pas à Basse-Tèwe... en touwiste! Vini pou waffaiwe. Je wetouwne chez moi. J'habite pwè de la Souffwouièwe là-haut.

— Vous serez beaucoup plus à l'aise en touriste. J'ai réservé deux sièges pour vous toute seule. Vous pourrez soulever les appuie-bras et vous allonger à votre aise.

— Ah non! je ne vais pas en touwiste. Je suis Léonie Dieudonné en ka pati pouw l'héwouitage de ma cousine Gwaziella. Gwosse affaiwe là mêm, mêm.

— Écoutez-moi. Non seulement vous serez mieux, mais c'est beaucoup moins dangereux. Si l'avion s'écrase, on n'a aucune chance à l'avant. Et très souvent, les gens s'en tirent à l'arrière avec quelques égratignures.

La piscine turquoise roula les yeux au ciel et fit un signe de croix des deux mains, qui me coupa littéralement la respiration. Elle se souleva dans un tremblotement de gélatine, et sa fragrance invitation au voyage, aux notes subtiles de polyester boisé et d'acrylique fleuri, la poursuivit derrière le rideau. Le vrai parfum de ceux qui aiment la fuite.

Samson Micreault risqua une narine pendant que défilait un groupe d'Allemands rigolos et d'Italiens sérieux. Le monde à l'envers Une légère touche de salon funéraire disco flottait dans toute la classe affaires. Mais on respirait déjà mieux. Ça lui rappelait une maîtresse rousse qu'il avait eue dans sa jeunesse. Jolie, gentille, généreuse, mais qui sentait tellement le *swing* lorsqu'elle faisait l'amour qu'il avait dû se résoudre à la quitter, les larmes aux yeux et les doigts dans le nez.

Il reprit son *Expansion* à la page 2. «Parfum français, un bond de 10% à l'exportation. Le géant du luxe LVHM fait sa plus grosse acquisition internationale.» Au même instant, on entendit une voix suave qui disait:

3

L'annonce faite au mari

— La boutique hors taxes est ouverte pour ceux qui désirent se procurer parfums et cigarettes. Nous vous rappelons qu'il est interdit de fumer.

C'est alors que le miracle se produisit. La silhouette, couronnée de cheveux d'or aux reflets de sirop d'érable, entourée d'un halo lumineux qui lui avait mis les jambes comme du coton à la caisse de la presse, fit son apparition à l'entrée de l'avion. Heureusement, il était assis. Paralysé, il n'arrivait pas à bouger un cil. Il avait été médusé par son profil. Elle était encore plus belle de face. Un visage fascinant, d'une beauté lumineuse et pénétrante, comme il n'en avait jamais vu depuis... depuis... Rébecca... «Tiens, on dirait ma femme en mieux», se dit-il, frémissant, pendant qu'un léger tremblement de culpabilité l'envahissait.

Elle fit une pause de quatre temps, avant d'exécuter le plus beau cha-cha-cha de deux pas en avant et trois en arrière, qu'il n'avait jamais vu en trente ans de carrière. Puis elle posa délicatement, sur le siège A2, le plus beau cul, sous la plus belle taille, au-dessus des plus belles jambes que, même avec beaucoup d'imagination, il n'avait jamais soupçonnées sur la planète Fémina. La merveille émit sans tourner la tête un délicat petit snif, qui signifiait, «Au secours Nina Ricci!»

Samson ne pouvait plus avaler sa salive. Le haut de son corps était cristallisé, et le bas continuait à trembler. Que dire à tant de beauté, d'illumination, d'élégance, de raffinement et de douceur rassemblés dans une même créature? Comment l'aborder?

Comme dans les dîners en ville où il essayait d'être brillant quand la conversation tombait, il se mit à chercher ses mots. Un peu trop. Tellement trop qu'il n'en trouva aucun. Pas un son ne voulait entrouvrir ses cordes vocales pour sortir de son corps. Un doigt invisible s'enfonçait sous sa pomme d'Adam dans le papillon de sa thyroïde. Sa langue secrétait un mélange de sucré-salé, et pour la première fois depuis vingt-cinq ans, il sentit son cœur se soulever. Il craignait que, s'il engageait la conversation avec cet astre, sa vie virât au désastre. Tout pouvait basculer, changer du tout au tout, bout pour bout. Son horoscope l'avait prévenu. Elle lui avait à peine effleuré le coude que déjà il appréhendait le danger. Il se détendit comme un mirador pour garder son *cool* et tourna imperceptiblement la tête vers cette Joconde aux cheveux *pale ale*. Tilt! Elle le foudroya du plus beau regard, aux yeux ni gris ni verts ourlés de douceur sensuelle jamais entrevus sur cette terre. Jamais! Ni au cinéma, ni en photo, ni en peinture, ni en vrai, il n'avait vu ça.

Il reçut durant cette seconde et demie, peut-être deux, la plus grosse décharge électrique de sa vie. Intense, profonde, totale. Rien à voir avec le petit coup d'œil qui l'avait laissé sur place au kiosque à journaux un peu plus tôt. Il croyait que ça n'existait pas, les mains moites, le cœur qui palpite, la gorge nouée, que c'était uniquement réservé aux photos-romans et aux *Harlequin*. Et pour la première fois depuis qu'il avait rencontré Rébecca, sa femme adorable et adorée pardessus tout au monde, il fut saisi d'un effroi masculin violent. Assez pour fermer les yeux et arrêter de respirer.

Ça vous tombe dessus au moment où on s'y attend le moins, une chose comme celle-là. Mais pourquoi ça lui arrivait à lui? Il y a tellement de monde qui ne rêve qu'à ça, qui n'attend que ça. Il avait épousé une femme superbe, sublime, exceptionnelle, qui lui avait donné de beaux et bons enfants. Il menait une existence de rêve. Trois maisons avec des poutres et des chevrons, des bons amis, des copains, des voisins charmants, des connaissances partout, une carrière que tout le monde lui enviait, une affaire qui faisait de l'argent comme de l'eau et avec de l'eau. Plus rien de cela ne semblait exister depuis que cette Grâce s'était posée à côté de lui. Il sentait jusqu'à son âme lui échapper!

Une minute, puis deux, puis trois, parmi les plus troublantes de sa vie, s'écoulèrent en *slow mô*. La bouée de sauvetage méditerranéenne, tout à fait éclipsée maintenant, malgré sa belle bouille à baise et ses yeux de braise, qu'il ne voyait plus, refit surface avec un demi sourire un peu figé et un plateau.

— Je suis désolée, mais un petit ennui mécanique qui empêche le dégivrage des ailes va retarder notre départ. Un peu de champagne, madame?

— Non, merci. Il est toujours trop vert. Et si les rois n'en avaient pas bu au dix-huitième siècle, plus personne n'en boirait aujourd'hui. Vous avez de la bière?

Pincez-moi! C'était de la musique à mes oreilles de pianiste. Je venais d'entendre la plus jolie voix du monde dire, sur un ton doux et ferme à la fois, la plus belle réplique dont un birrologue puisse rêver.

— Kronenbourg, Calsberg ou Tuborg.

— Boff! Alors donnez-moi un petit planteur.

Puis, l'hotesse, se tournant vers moi:

— Désolée, M. Micro, mais nous n'avons aucune de vos bières sur ce vol!

— Eh bien, puisqu'il n'y a pas de bière, apportez-moi une Kronenbourg.

Ma voisine m'adressa un sourire assoiffé qui me fit chavirer. J'étais tétanisé par l'émail de ses dents et l'ourlet mouillé de ses lèvres. Même la 1664 de luxe, malgré son petit goût de canette métallique qui la rendait trop amérisée, me sembla mieux équilibrée et meilleure que d'habitude. C'était donc très grave! J'étais flabeurgasté! Mais qu'est-ce que je pourrais lui sortir de brillant après une réplique comme celle-là? Le classique, mais toujours drôle *What is a nice girl like you doing in a... plane like this?* Trop *British* pour elle, à mon avis.

Plump! Un petit peton rose venait de laisser tomber une chaussure Saint-Laurent. J'en ai vu, des pieds, dans ma vie, mais celui-là, quel pied! Quel pied! Ah! Je pourrais lui dire «Avec vos chaussures Saint-Laurent et votre montre Cartier, vous me rappelez mon Vieux-Montréal.» Mais ça pourrait faire un peu épais.

Si je lui disais:

— Que faites-vous dans la vie, à part être si jolie?

J'aurais peur de:

— Je réponds aux questions idiotes... gros malin.

Ou:

— Vous prenez souvent l'avion?

— Non, mais le train était complet, et mon bateau est en panne... Pauvre taré!

Ou encore:

— Euh, vous allez aux Antilles?

— Non, je fais du parachute au milieu de l'Atlantique… Crétin!

Ah! oui, j'ai trouvé:

— Pourquoi avoir choisi la Guadenique?

Non, elle pourrait me répondre, comme Coluche:

— Parce qu'y a moins de Noirs qu'à Paris... Enfoiré!

Bon, je l'ai. Je me lance, j'y vais, je fonce, un, deux, trois, go!

— Puis-je me permettre de vous demander ce qui vous attire dans cette chère petite île d'émeraude?

— Un match de foot.

— Hein! Foutreballeuse? Vous voulez dire que vous faites partie d'une équipe de soccer?

— J'adore ça, surtout les matchs amicaux et les rencontres exhibitionnistes.

— Pardonnez-moi mais j'imagine mal un petit pied si mignon taper dans un ballon. À quelle position jouez-vous?

— Je joue dans les gradins pour supporter mon mari. Je suis Mme Éros Cognemoissah.

Gulp! Éros Cognemoissah? Bigre de barnak! Je ne connaissais rien au ballon rond, mais l'évocation du nom de ce bougre me glaça un poumon, et je sentis mes chaussettes glisser. Ce caractériel sanglant avait été écarté du dernier Mondial parce qu'il avait assommé un spectateur qui lui avait souri suite à un corner raté. L'histoire avait fait le tour du monde dans tous les journaux. Ce monstre serait capable de m'arracher un bras et de me battre avec le bout qui saigne uniquement parce que j'aurais zieuté sa femme.

En me radossant à mon siège, je sentis une irruption de coup de poignard me couvrir le dos.

— Vous êtes bien Samson Micreault, le chanteur cana... euh... québé... euh... franco...? Je vous ai reconnu tout de suite à votre accent. J'adore vos chansons. Surtout celle du *Phoque en Alaska*. C'est celle que je préfère. De loin. À mon humble avis, c'est ce que vous avez fait de mieux.

J'eus un moment de faiblesse et, devant tant d'enthousiasme pour une toune qui n'était pas de moi, la lâcheté me fit répondre un timide «merci». Je m'en voulais, mais, trop tard.

4

Name dropping

— Et puis je vous ai aperçu l'an dernier, la veille du jour de l'An, chez Trucker, avec Féline Sillon. Quel phénomène, celle-là! Comment est-elle dans la vraie vie? Toujours fidèle et amoureuse de son gérant de mari, joueur compulsif, à ce qu'on raconte.

— Ah! pour eux, vous savez, la vraie vie c'est surtout dans la télévision qu'elle se passe. C'est tout le reste qui est du toc, à part leur famille.

— Ah! Et ils sont sympathiques?

— Ce sont des gens formidablement généreux et chaleureux, mais très sensibles. Ils pleurent même en mangeant et en jouant au golf.

— Mais elle est tellement mince. Y paraît que c'est une grande bosseuse.

— Elle sait où elle veut aller et elle a la bonne clé. Au golf comme partout ailleurs, sans jamais forcer.

— Et Jack Pot Greenman, vous le connaissez?

— Ah oui! C'est un très bon ami à moi.

— Un de mes ex a skié avec lui l'hiver dernier. Il paraît qu'il descend comme une bombe et qu'il adore sauter plein... de... de *moguls,* comme vous dites.

— De belles bosses, de gros *jumps,* vous voulez dire? Oui. Il est très fort. Très grand sportif en plus, il bat le premier ministre et Paul Loup au tennis, à deux contre un... facilement. Et il est très humble et toujours simple. Très grand orfèvre de la chanson. Il sait ce que le public veut.

— Je le trouve beau comme Crésus. Il paraît qu'il est tellement riche qu'il achète plein d'avions. On est peut-être assis dans l'un des siens.

— Non, je crois qu'il a un grand sens des affaires et qu'il investit plutôt dans les avions de fret. Il y a beaucoup d'avenir, avec la mondialisation des marchés, dans le transport des marchandises.

Là, j'ai fait très fort et je sens que j'emballe:

— Et toujours très, très simple.

— Et très humble. Vous aussi vous avez le sens des affaires, avec toutes ces bières de dégustation dont on parle de plus en plus.

Nos épaules se touchaient, nos coudes se soudaient, nos poignets étaient aimantés.

— Ça marche plutôt bien pour vous.

— Oui, mais j'essaie de ne pas trop en parler. Il y a une marge à ne pas dépasser. On peut taper facilement sur les nerfs des gens, comme Bourmoildieu au tout début avec son vin quand il en parlait plus que des films prodigieux dans lesquels il jouait. C'est très fragile, tout ça. Et puis les gens sont jaloux. Et les gens sont cruaux.

— Très cruaux!

— Et Lorrain Bouchon-Vouldy, vous le connaissez?

Je la dévorais des yeux! L'éclat de ses pupilles m'irradiait, me calcinait!

— Ah! c'est un très bon copain. Même qu'il doit venir me rejoindre en bateau la semaine prochaine avec mon grand ami David MacCannett. Vous savez, Bouchon-Vouldy, on ne dirait pas, à le voir comme ça sous son physique de gringalet, mais il est très fort sur un bateau. C'est un capitaine chevronné, de la trempe des Tabarly et compagnie.

— Justement, à votre place, j'aurais très peur.

— Et puis il est beaucoup plus calme depuis qu'il est amoureux.

— Ah, bon? J'ai vu votre Olympia. Super sympa, avec Peugeod. Qu'est-ce qu'il est attendrissant,

Peugeod, avec son air de petit oiseau tombé du nid! Et Le Fox Terrier, vous le connaissez?

— Ah! très secret, Maxime! Impénétrable.

— Et votre ami David MacCannett, parlez-moi de lui. J'adore ses livres. Surtout *Lettres à Mademoiselle Bloomingdale*.

— Vous voulez dire *Bloominfeld*.

— Dites-moi, c'est vrai qu'il est encore plus riche que Jack Pot Greenman?

— Oh! Ça ne se compare même pas. Il est tellement plein que quand il a demandé à sa femme ce qu'elle voulait pour Noël cette année, elle lui a dit, «La Samaritaine, allons-y». Alors il lui a acheté La Samaritaine.

— Non! On trouve tout dans votre monde merveilleux du *showbizz*.

— Vrai comme je vous le dis.

Sa fausse naïveté me faisait fondre. Et l'éclat de ses dents, quand elle riait, me donnait envie qu'elle me morde jusqu'au sang. Mais qu'est-ce qu'il était en train de m'arriver? Pour changer de sac et renvoyer le ballon, je risquai un médiocre:

— Et Platino, vous le connaissez?

Elle esquiva ma question et contre-attaqua aussi aussitôt:

— Parlant de sportifs, vous en avez un qui est hyper-craquant avec ses cheveux bleusblancs-rougesvertsjaunes. C'est le petit Jack Terreneuve. Quelle superstar, celui-là! Il est trop génial! Vous le connaissez?

— Non, pas du tout. Jamais même rencontré. Par contre, j'ai croisé son père, ce héros, autrefois à Montréal, dans quelques restaurants, et je crois qu'il serait très fier de son fils.

Décidément, j'étais assis à côté d'une créature qui avait la beauté du Diable au cube, mais qui pour l'heure ne semblait s'intéresser qu'aux gens riches ou célèbres, et de préférence les deux à la fois. J'avais donc une toute petite chance.

Elle me semblait un peu frivole et superficielle, mais j'allais bientôt déchanter. Une petite lueur au fond de ses yeux changeants me faisait miroiter tous les océans et tous les continents de l'univers. J'étais ensorcelé par ce visage d'ange mystérieux qui masquait une intelligence redoutable et une perversité que je n'allais pas tarder à découvrir. J'étais sous le charme, envoûté, fasciné. Trop tard. Et là, je commençais vraiment à avoir de plus en plus peur d'avoir peur!

5

Sade et ménage

J'avais souvent aperçu des filles dans la rue ou au restaurant, dont je me disais, «Tiens, si par malheur il m'arrivait un jour de me retrouver tout seul, il me semble que celle-là serait assez bien pour moi. Elle a un petit quelque chose de pas laid, elle a des seins comme je les aime, un à gauche, l'autre à droite. Elle a l'air tellement douce et gentille! Faudrait pas qu'elle vienne jouer trop souvent dans ma cour, celle-là.» Mais jamais je n'avais eu l'impression d'une rencontre au hasard qui pouvait chambouler ma vie. C'était la première fois que je ressentais une vibration aussi forte depuis trois cents lunes.

J'avais plus que des papillons dans l'estomac. J'avais un plumeau dans les entrailles et un triangle de plomb brûlant qui me trouait le plexus. On dirait ma femme en plus... en moins... en x, y, z... en... Au sexours, quelqu'un! Au sexours! À moi, mon ange gardien! Sa présence me détricote! Je suis en train de me liquéfier sur mon siège! Je vais mourir.

En me penchant pour ramasser mon *Biba,* j'aperçus sur le côté de sa cuisse gauche, gainée d'un bas nylon gris fumée, très fin, une petite échelle rosée que couronnait la dentelle d'un jupon pistache translucide qui dépassait savamment de son tailleur. Elle fit mine de la découvrir avec moi et rajusta sa jupe rapidement d'un air faussement gêné. Je sentis une explosion atomique dans le bas de mon ventre, et commença alors la plus grosse érection régionale de mon dernier septennat. Je fus saisi d'un désir fou de rentrer en elle, de me plonger dans sa peau diaphane, de tout savoir de sa vie, de ses amis, de sa maison, de ses meubles, de ses vêtements, de ses armoires à tiroirs secrets, de son couvre-lit, de ses goûts, de ses ragoûts, de ses jeux, de ses pensées, de ses croyances, de son travail. Hélas! un éclair de lucidité me transperça. J'étais déchiré total. Il n'y avait pas seulement ma femme, Rébecca, que j'aimais plus que tout au monde, au-delà de l'amour même, et plus que ma vie. Il y avait aussi Éros Cognemoissah. À cette pensée, la même irruption naturelle de coups de couteau qui m'avait couvert le dos tout à l'heure se mit à vriller dans la plaie sanglante. Je me mis à tripoter les boutons d'inclinaison de mon siège pour calmer ma douleur.

— Avez-vous des enfants?

— Oh! presque plus! Seulement deux grandes filles d'un premier mariage, qui sont déjà femmes et qui vont bientôt quitter la maison. Et vous?

— Malheureusement, je n'ai pas d'enfants. J'ai des adolescents. Ils ne veulent pas quitter la maison. C'est la nouvelle mode chez les jeunes. Ils font un peu de musique, guitare et batterie, style *Rage against the Machine* à eux seuls. Et ils sont passionnés de football américain, avec le ballon ovale. Rien à voir avec le vôtre.

— Ah! je n'aime pas le foot américain! Je trouve le jeu trop saccadé et beaucoup trop violent.

— Parlant de... de saccades violentes, on dit que votre mari a un caractère très bouillant et imprévisible, un peu à la O.J. Simpson.

— Seulement quand il perd un match, ou avec ceux qui me font la cour. Dès qu'un mec me tourne autour d'un peu trop près, il peut devenir méchant, et très féroce. Il ne connaît pas sa force. Je l'ai vu en démolir quelques-uns...

— GULP!

— Ce qui ne m'empêche pas d'avoir mes petites aventures. Mais tout ça est très exagéré. Avec moi, il est doux comme un agneau.

— Vous êtes ce qu'on appelle un couple libre.

— Tout à fait. Il a ses maîtresses, j'ai mon amant. Et nous feignons de ne pas le savoir. C'est la seule solution. Dites-moi, comment font les autres?

Tout en parlant, elle avait posé discrètement une paire de demi-lunes *Armani* sur le bout de son nez, ce qui eut l'effet de m'émoustiller davantage. Ensuite, elle sortit lentement de son sac à main un mini *palm-top see you see me*[1] et un petit bréviaire relié en cuir noir. Elle attendit avant de l'ouvrir, et je pus lire: *Les œuvres complètes du Marquis de Sade*. La candeur de son visage, la douceur et la pureté de ses traits offraient un tel contraste avec ses propos et la sensualité de sa voix que je dus me tirer sur le collet pour m'empêcher de l'embrasser partout. J'avais une furieuse envie de me précipiter comme un porc sur ce corps qui respirait le sexe de tous ses pores. Je ne me contrôlais plus, j'avais envie de la mordiller, de lécher tous les plis salés de sa peau satinée. Je bandais comme un pur-sang, et ni la ceinture de sécurité ni les magazines éparpillés sur mes genoux ne pouvaient cacher mon émoi.

Nos cœurs et nos corps furent saisis d'une première secousse imprévisible.

---

[1] Le modèle dernier cri du micro-ordinateur le plus sophistiqué, disponible dans tous les coloris, incluant imitation panthère.

C'était l'avion qui reculait brusquement sur la piste, avec le retard le plus doux jamais vécu de ce côté du ciel, au sud des nuages. J'avais perdu la notion du temps depuis notre rencontre. Ma montre aussi avait avalé ses aiguilles.

Ma voisine me prit la main en frémissant et se mit à la presser très fort.

— J'ai toujours eu très peur en avion. Mais un petit peu moins en première...

Je montais au firmament avec un ange à mes côtés, et moi qui n'avais jamais eu la trouille dans un Boeing, je me mis à trembler comme un enfant en serrant sa petite main aux ongles rouges dans la mienne. Au ciel, au ciel. Ciel! pas de panique. Maman, viens chercher ton p'tit gars.

L'avion quittait à peine le sol, et déjà on entendait le bruit sourd et angoissant des roues qui rentraient se coucher. Elle était très agitée, d'une terreur presque à l'entrée de la jouissance. Je risquai un:

— Vous relisez vos classiques?

— Vous savez que le divin marquis de Sade est un immense écrivain, et malgré le fait que son corps ait été enfermé toute sa vie, c'est pour moi l'esprit le plus libre de toute la littérature française... La plupart des imbéciles ne retiennent de lui que son côté pipi-caca-fesses: «Ahh! je décharge, enculez-moi plus fort, ahhh!

Je jouis! Mettez-la-moi bien au fond.» C'est beaucoup plus que ça: il s'est battu pour la justice, la liberté, contre la peine de mort! C'est un visionnaire, un précurseur, c'est le maître érotique le plus direct, le plus cruel, le plus violent de notre ère. Chacune de ses phrases est un coup de fouet! J'aime les gens qui exagèrent et... ouf! je respire, si ça résiste encore au bout de deux cents ans, il y a bien là une raison. Le pire moment est passé. Excusez ma diatribe sur Sade, c'était pour oublier le bruit du train d'atterrissage. Ça me rend folle quand il se retire. C'est plus fort que moi.

— Moi aussi je me sens mieux à l'horizontale, une fois l'avion stabilisé. Dites-moi, nous allons voguer ensemble sur les nuages et franchir l'Atlantique. Vous m'avez dévoilé le nom de votre célèbre mari, mais j'ignore encore tout de vous, y compris votre prénom.

— Je suis Laura de La Raie, dit-elle, un demi-ton en dessous de sa voix normale.

— Bouilloire de viarge! J'étais assis à côté du plus grand écrivain érotique depuis le bossu Maïeux, Anaïs Nin et Tripotanus Anononymus! Pas étonnant que je fusse emmanché d'une bandaison de pendu depuis son arrivée dans la carlingue!

— Vous connaissez mon œuvre?

— Un peu, mais pas tout. Mes musiciens, qui font tous les soirs des rêves de dix-huit ans et plus, m'en ont lu quelques extraits lors de la dernière tournée.

— Les musiciens entre eux doivent être comme les footballeurs: beaucoup plus portés sur le *hard* que sur l'érotisme.

— Je sais par expérience que les musiciens français parlent surtout de cul et d'argent. Alors que les musiciens québécois sont très différents. Ils parlent plutôt d'argent et de cul.

— Mon mari et les mecs de son équipe se gavent de cassettes vulgaires et hideuses, comme *La grande cramouille,* ou affreuses et profondément débiles, comme *Sodo à gogo,* qui n'entreront sûrement jamais dans les annales de l'amour anal sur Anal +, ou franchement atroces et dégueulasses, comme *Sally la salope,* cette reine obèse de la cophrologie qui fait dans son collant.

— Déjà, de porter un collant, ce n'est pas très élégant, rajoutai-je, sur un ton presque scandalisé qui m'étonna moi-même.

Elle jeta un coup d'œil amusé à son bas nylon, qui filait vers le haut et, en jouant des hanches, fit ressortir la base d'un affriolant porte-jarretelles charbon qui mettait en valeur la blancheur de sa peau. J'avais les yeux rivés sur cette cuisse que j'imaginais plus luisante et frétillante qu'un ventre de saumon sauvage!

— Ces films X, dit-elle, cette pornographie exclusivement faite par des hommes, me déçoivent et me désolent, et je trouve tous ces réalisateurs, *hardeurs* et *hardeuses,* sans imagination, sans humour, et leur mauve égoût n'a d'égal que leur manque de culture. C'est le sommet de la médiocrité.

— Ah non! J'ai des nouvelles pour vous. Pour vivre et comprendre la vraie médiocrité, il faut être entre hommes exclusivement. Dès qu'il y a une seule femme, même moche, dans une pièce ou dans un autobus, ça devient tout de suite autre chose. Et croyez-moi, après toutes ces années de tournée, je sais de quoi je parle!

— Je vous crois sur parole, mais les femmes entre elles, lorsqu'elles évoquent leurs fantasmes, sont tout aussi dégradantes, j'en suis sûre. De toutes façons, tout le monde cherche l'extase et rêve d'un orgasme éternel. L'érotisme est ce qui distingue les hommes des animaux, alors que la pornographie les en rapproche.

— C'est vrai, Laura.

C'était la première fois qu'il prononçait son prénom. Il entendit les premières notes de la chanson monter à ses oreilles. Pas celle de Guy Béart, l'autre, celle de Johny Mercer, *music by David Raskin.*

— C'est vrai que, de toute éternité, les taureaux, les lions, les singes et les chiens ont forniqué et niqueront fort de la même façon, sans fantaisie et sans aucune imagination.

— Comme la plupart des hommes et des femmes qui sont dans cet avion, qu'ils soient noirs ou blancs, catholiques ou protestants, bouddhistes ou musulmans.

Puis, replaçant sa jupe entre deux battements de cils:

— Pour moi, l'érotisme est au sexe sensiblement ce que la poésie est à la parole. Je suis fière de ce que j'écris, et tant mieux si ça tombe entre les mains des enfants. La télévision les nourrit sans remords, à coups de massacres à la tronçonneuse, et c'est grâce au procès du président Clit'on qu'ils ont appris la différence entre une fellation et un cunnilingus. La plupart des jeunes Américains croient que l'amour oral signifie parler d'amour. Voilà à mes yeux le vrai scandale. Mes filles, en tout cas, me lisent avec un plaisir brûlant.

— Même si je suis libertaire, Laura, je trouve que vous exagérez parfois. Je pense à votre nouvelle où un jeune aveugle, après s'être écrié «bonjour mesdemoiselles» en pénétrant dans une poissonnerie grecque, se lance dans une orgie où la grosse matrone lui fait bouffer des maqueraux qu'elle a fait mariner et fumer dans la chatte des doigts de l'Homme, après les avoir nappés d'une sauce blanche caramélisée, que même Maïté et Jean-Pierre Coffe ne sauraient décrire sans rugir, après quoi il hurle en citant Racine: «Encore eut-il fallu qu'on le leur dise si l'on eut voulu qu'elles le sussent.» Je trouve ça indigne de vous et en dessous de tout.

— Mais tout ça est délicieux et naturel. Le sexe est une bonne chose. Et le sperme, en plus d'être onctueux, est formidable pour l'élasticité de la peau. La vulgarité n'existe que dans la tête des gens vulgaires, croyez-moi. Même si toutes ces choses sortent de mon imagination, dans le monde de l'érotisme la réalité dépasse toujours la fiction. Je suis éprise de vertu absolue, autant que la Justine des infortunes de Sade. J'habite, dans la vraie vie, sans paillettes et, croyez-moi, ce n'est pas toujours du même rose. Henry Miller disait qu'il couchait sur papier toutes celles qu'il n'arrivait pas à coucher dans son lit. C'est vrai pour tous les écrivains érotiques. Vous, en tant que chanteur, vous divertissez des milliers de gens tous les soirs, et je suis certaine que vous n'avez pas plus d'amis véritables que le plombier ou l'épicier du coin. C'est la même chose pour l'écriture de charme. Je suis une Française bien ordinaire qui ne pratique qu'un seul amant à la fois et qui ne connaîtra, comme toutes ses consœurs bourgeoises ou révoltées, que deux ou trois grands amours tout au long de sa vie.

— Je vous trouve très flyée pour une bourgeoise.

— Le mot est de circonstance, mais vous savez, j'aime être bien mise... C'est un déguisement. Et même si je vis dans un décor douillet, qu'on pourrait qualifier de bourge, je ne peux pas les souffrir. Pour moi, bourgeois ou fascistes, c'est un peu la même chose. Leur indifférence aux malheurs des autres m'est insupportable. Quand j'étais jeune, je rêvais d'être grand reporter, journaliste de combat, *globe-trotter*. Je me voyais là où ça bouge, là où ça pète, faire la révolution. Puis j'ai fait mon université en sexologie; je suis devenue érotologue. Mais les réactionnaires et les conservateurs m'horripilent. On ne va quand même pas parler politique.

— Non, parce que je suis de plus en plus convaincu que personne n'y comprend rien, y compris les gens qui nous dirigent. À part le fait qu'une fois accroché au pouvoir, on distribue des cadeaux pour ne pas le perdre. Et je les vois tous s'y agripper comme des petites filles à leur poupée. Les gouverneurs fonctionnent, les fonctionnaires gouvernent: Saint-Dicat, priez pour nous!

— J'ai une de mes amies qui se masturbe en écoutant les discours des politiciens, même s'ils ne parlent jamais d'amour. Rien d'autre ne peut la faire jouir. Ni les acteurs, ni les chanteurs, ni même les Chippendales.

— Pauvre femme! Et elle y comprend quelque chose?

— Strictement rien, mais puisqu'elle n'a rien, elle veut tout à condition que ça ne lui coûte rien. Et ça lui revient moins cher que d'aller au concert ou au cinéma.

— Quand je pense qu'on est en l'an 2000 et qu'il y a encore des attardés napoléoniens qui pensent en termes de gauche et de droite. Comme si, en plus de ne pas savoir ce qu'est le progrès, tout le monde en voulait le monopole. Je me fous de quel parti une idée est issue. Quand elle est bonne, c'est tellement rare qu'il faut tout faire pour qu'elle triomphe.

— À propos de triomphe, vous étiez là quand le général de Gaule a crié son «Vive le Québec libre»?

— Puisqu'on veut éviter de parler politique, je ne saurai jamais si c'était songé ou s'il allait à la pêche aux applaudissements, car c'était un très grand *showman*...

Pourquoi elle me r'garde avec des yeux mouillés? C'est pourtant pas très excitant c'que j'raconte là.

Moi, c'est son balconnet qui est en train de me faire craquer. Une femme a le droit d'être bien moulée, mais celle-là, elle exagère!

On l'avait exhibé toute la journée sur le chemin du Roy, dans une grosse limo décapotable, comme un totem, et les gens se ruaient vers lui en disant, «vous êtes notre bon papa, vous êtes notre sauveur». La tentation était grande de leur donner ce qu'ils attendaient du haut du balcon...

C'était une époque où toute la francophonie, les Basques, les Bretons, les Corses, les Cajuns, les Antillais, revendiquaient leur identité culturelle, et les gens confondaient le poétique et la politique. J'ai moi même un jour crié, dans un moment de frénésie, après un show à Saint-Malo: «Vive la Bretagne libre», et croyez-moi, ça marche au-delà de ce que vous pouvez imaginer. Mais peut-être a-t-il eu une vision pour sortir la Belle Province du joug financier des Anglais qui contrôlaient l'économie à l'époque... Aujourd'hui le général se remettrait à l'endroit dans sa tombe en voyant la France perdre sa souveraineté, lui qui souhaitait si ardemment celle du Québec.

Elle n'en a rien à secouer. J'suis sûr qu'elle s'en fout souverainement!

— Pourquoi dites-vous à l'endroit?

— Parce qu'il s'était sans doute déjà retourné une première fois avec l'arrivée au pouvoir de Mitterand. Ça reste un pays libre... C'est même au cœur du Québec qu'on fabrique la liberté. Avec les maringouins et les moustiques...

— À propos de moustiques, vous devez en avoir ras-le-bol d'entendre sans arrêt les touristes français rabâcher les mêmes clichés sur votre pays: les grands espaces, les Indiens, la police montée, les castors.

— En hostie de tabernacle, comme le répétait Monseigneur Laval tous les dimanches. Mais vous avez l'équivalent avec la baguette sous le bras, le béret, le vin rouge et l'accordéon.

— Blague à part, je peux vous avouer quelque chose? J'ai vraiment eu envie de découvrir votre pays à travers vos chansons, et c'était pour vous taquiner tout à l'heure, cette histoire de *Phoque en Alaska*. En vérité, la jeune Française que j'étais à l'époque a grandi avec vos disques. J'ai flirté, j'ai dansé, j'ai hurlé, je me suis caressée sur vos chansons. Et je les connais toutes par cœur.

Deux instants: j'étais en train de tomber amoureux fou de cette femme qui me connaissait mieux que moi-même. Elle était très spéciale et je n'arrivais pas tout à fait à la saisir. Étais-je assis à côté d'une fausse naïve ou d'une vraie spontanée, d'une manipulatrice sournoise ou d'une belle âme damnée? Mon cœur jouait du yo-yo de plus en plus fort et de plus en plus vite dans ma poitrine. J'avais des sensations de trous d'air. Elle ne ressemblait à aucune autre parmi les centaines que j'avais rencontrées jusqu'à aujourd'hui. J'avais, pour la première fois de ma vie, une émotion interdite. J'étais en osmose avec ma voisine. Je rêvais de la découvrir davantage et, bizarrement, je n'avais plus aucun sentiment de culpabilité, puisque je ne faisais de mal à personne, puisque la seule victime de l'amour et de son inévitable cortège de maladies, pour l'instant, c'était moi. *Help!*

Ce voyage d'est en ouest au-dessus des nuages ne ressemblait en rien à ceux que j'avais si souvent effectués dans le sens nord-sud. L'océan métallique me semblait moins ridé, et le soleil qui rosissait à l'orient parmi ces nuages pommelés et joufflus me donnait l'impression d'une paire de fesses qui va se tremper dans un bon bain chaud. Plus sérieusement, de gros cumulonimbus au nord-est de l'appareil me signalaient un présage de très mauvais augure.

L'*Expansion* ouvert sur mes genoux me parut tout à coup insignifiant et ridicule. Tous ces articles sur le management, les acquisitions, les prises de contrôle, ces colonnes de chiffres aux pourcentages précis dans des marchés haussiers ou baissiers me semblaient écrits par des don Juan et des Casanova frustrés. Encore un nouveau truc macho pour séduire les femmes. Depuis Adam, tous les monuments, les palais, les sculptures, les tableaux, la musique, la philosophie avaient été conçus pour elles, pour les éblouir, les séduire et combler le fait qu'on ne peut pas mettre d'enfant au monde et qu'on est mortel. Alors on lit le monde, on l'organise pour le prolonger comme on peut et on y rajoute un ballon qu'on se dispute pour le pouvoir. Il est hautement recommandé de croire qu'un ballon, c'est important pour la santé mentale d'un peuple. Comme le PIB. Même si ce n'est qu'un chiffre illusoire qui fait de la danse en ligne dans un ordinateur, il faut s'y accrocher, il faut y croire. Et ça, c'est très difficile.

6

Détachez vos ceintures en dessous desquelles il n'y a ni foi ni loi

Le repas créole typique de la Saint-Sylvestre allait être servi par l'excellent Didier, un steward blondinet et expérimenté. Son dentier flambant neuf préjauni mettait en valeur la blancheur immaculée de sa chemise. Au menu: acras de morue et boudin créole à la sauce zizi montée, ouassous et crabe farci dans un coulis de chatou bonda manjac[1], cabri nappé à la noix de coco, langouste sauce chien sur lit de cristofine gratinée et bananes flambées arrosées de rhum au bois bandé, fromage de chèvre. Gros budget. Gros festin. Le voyant rouge et blanc «attachez vos ceintures» étant allumé en permanence, il me fallut rivaliser de

---

[1] Redoutable piment en forme de fesses, évoquant le cul de madame Jacques.

fourberie pour ne pas ameuter tout le monde en allant évacuer mes trois cervoises, bandé comme j'étais dans cet avion bondé. En dégrafant lentement le clapet métallique de la ceinture, je coinçai mon membre tendu comme un manche de ukulélé sous la poche surpiquée de mon pantalon *banana republica* safari à jambes dézippables. En soupirant, je pressai mon bâton de dynamite, sur le point d'exploser, sous mon poignet gauche, tout en faisant semblant de régler ma montre à l'heure caraibéenne de la main droite. Je me méfie des nouvelles lois du ciel. Une érection qui se remarque sous un pantalon est passible d'une amende de deux mille francs. Je me dirigeai à pas de loup marin vers les toilettes, les mains croisées sur ma fermeture éclair, à la manière d'un arbitre de Roland-Garros, sous le regard avide de Didier qui me souriait à plein dentier.

C'est là que mon véritable calvaire allait commencer. Une fois la porte verrouillée derrière moi, je me tape la tête au plafond. Klonk! J'ai les yeux pleins d'eau, et les dents me flottent dans la bouche. Je dégrafe ma braguette péniblement pour essayer de sortir l'engin sans le briser en deux. Impossible d'atteindre la cuvette sans arroser à gauche, à droite, partout. Je vise le lavabo, je rate la cible complètement. Je m'agenouille, c'est pire. Je me relève sur la pointe des pieds, plié en deux, et la tête dans ma chemise, le cul écrasé contre la poignée de porte *«occupied»*.

Ouuaaahhh! ça y est, le soulagement, le bonheur, la joie. Je reconnais la couleur blonde de la première bière dégorgée. Je nettoie tout de mon mieux, je frotte, je brique, je me surlave les mains, quatre fois par main. J'asperge la cage d'un cocktail d'Eau sauvage et de Roger et Gallet, mais mon outil reste dur comme du teck. J'essaie de penser à la reine Élizabeth, à Margaret Thatcher, à Madeleine Allbright. Rien à faire pour le ramollir. Me joindre à la phalange des masturbateurs en tombant en arrêt sur l'aura de la raie de Laura de la Raie serait une solution, mais l'idée de Didier qui attend avec ses entrées chaudes m'y fait renoncer.

Je me résigne enfin à sortir, plié en deux, la pine raide et les oreilles molles, comme quelqu'un qui a mal aux reins et qui fait semblant de chercher une épingle par terre dans l'allée. En me relevant pour me glisser dans mon siège, mes yeux contre-plongent dans son décolleté discret et sournois qui a des seins à faire damner un saint. La vue de la bretelle de son soutien-gorge de collection Simone Perelle modèle rétro de 1968 aurait fait rajouter facilement quarante pages à Bertrand Blier dans son roman *Existe en blanc*. La rondeur laiteuse de ses globes — ce n'est pas nouveau comme expression, mais c'est tellement beau et vrai —, loin d'arranger mon cas, aggrave mon état alarmant. Vite, le coussin! Wahoo! Sauvé par la tablette sur laquelle Didier dépose une nappe immaculée.

Ma voisine, plus désirable que jamais, me chatouille d'un regard lubrique qui signifie que même si je ne me suis absenté que cinq minutes, je lui ai beaucoup manqué. Je sens la puissance de l'amour me soulever de terre, avant de réaliser que je suis déjà dans les airs. Je suis troublé comme les nuages, l'âme déchirée, perdu, fendu en deux au milieu de l'océan. Saisi d'une envie irrésistible d'embrasser ses mains, ses bras, ses épaules, sa nuque, son cou, son front, ses joues, son nez, le pourtour de ses lèvres gourmandes qui me disent presque «oui», je reste immobile pendant que tout s'agite et frétille dans mon thorax.

Un *Black* cravaté aux cheveux argentés et aux yeux cerclés d'or rendu à son troisième Ti-Punch se mit à secouer amoureusement ses maracas pendant que les moteurs du jet, qui fendaient l'air glacé, émettaient un sifflement continu en *Ré* bécarre♪♫♬

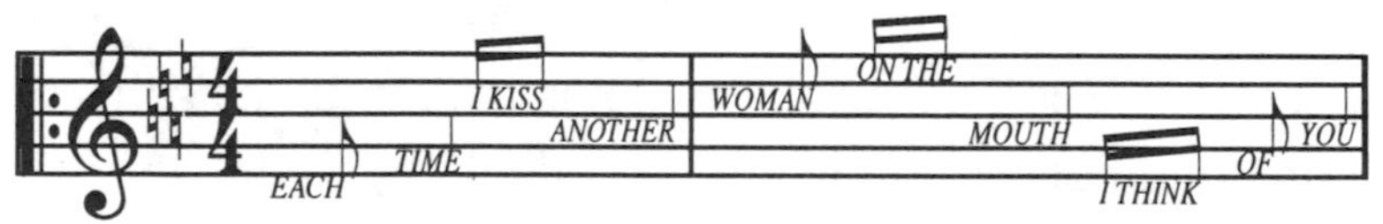

Je repensai à cette chanson country que j'avais entendue au mois de juin à Carmel, une jolie petite ville montagneuse du nord de la Californie dont Clint Eastwood est le maire. On n'a jamais su de qui elle était ni qui la chantait. Mais elle nous faisait bien rire, Rébecca et moi. Et on tapait du pied comme des fous avec nos ados dans la Chrysler Sebring décapotable. *Another woman... Like my wife... but better.*

Sauf que quand c'est sur le point d'arriver pour vrai, on ne rit plus. On essaie de se protéger, de se défendre comme on peut. Personne ne sait au fond ce que veut dire aimer et être aimé. À chacun sa vérité. Mais quand ça se met à vibrer de partout, surtout dans un avion hermétiquement scellé, ça fait peur. Et ça dérange et ça fait mal. On n'a rien demandé, on n'a même pas envie de dire «je t'aime» à l'autre pour qu'il vous réponde la même chose. On n'est plus là. On est dans les nuages. On ne comprend pas. Ça vient vous chercher comme ça, ça vous frappe, ça vous happe, ça vous tord, ça vous catapulte et ça vous suce. Et c'est encore pire quand on sent que ce ne sera pas qu'une histoire de cul toute simple qui se lave et qui s'oublie, et dont on ne parlera jamais plus. *Never more*.

On le sait très vite quand on est bien à côté de quelqu'un. Qu'on soit en forme ou fatigué, que ce soit l'hiver ou l'été, ça vous retourne à l'envers, et si on ne se sauve pas tout de suite, on est fait. Sauf que sur le siège A1 d'un coucou bourré, Samson ne pouvait pas se sauver. Sa femme en...?

Tout ce qu'il avait construit avec Rébecca lui revenait, remontait en sa mémoire en noir et blanc. Leur amour encore si fort, leur attachement viscéral, leur frénésie sexuelle intacte, leurs fous rires complices cent fois par jour. Rébecca. Samson sentit des larmes monter à ses yeux, mais elles refusèrent de sortir. Il n'était pas du genre à construire son bonheur sur le malheur des autres. Il fallait combattre. Mais les liens qui unissent un homme à une femme sont tellement forts... et cette beauté fatale l'attirait comme un aimant tout-puissant, une étoile noire, un tourbillon de feu, une comète qui pouvait le propulser ou l'aspirer, lui faire commettre n'importe quoi.

Il avait lu quelque part, dans un magazine scientifique, qu'il fallait au moins deux cent cinquante conditions très précises pour tomber amoureux réciproquement. L'amour ne tiendrait aucunement de la romance courtoise, mais de la science exacte. Déjà il faut un calcul différentiel très savant pour que, sur les mêmes méridiens et les mêmes médianes, à la même seconde, sur le même croisement de longitude et de latitude, deux êtres se rencontrent. Ça, bien sûr, elle le savait, comme tout le monde. Ensuite, il y a les fameuses phéromones qui secrètent en secret, non pas dans le sang, mais directement sur l'épiderme, une odeur unique à chaque être humain, comme son empreinte digitale. Puis les textures de peau qui attirent ou repoussent l'homme et sa fiancée. Puis les ondes du cerveau qui émettent des vibrations indéfinissables mais perceptibles, et encore les neutrons, les protons, les molécules, les atomes, bref, l'ADN qui fait que nous sommes tous uniques, alors que certains voudraient qu'on soit tous libéraux, conservateurs ou socialistes. Mais on l'a déjà dit: pas de politique!

En plus, si on n'a pas les mêmes idées, l'accouplement sera de plus en plus difficile, voire impossible. Il y a même des savants qui prétendent que ce sont les spermatozoïdes qui dirigent tout chez l'homme. Ce sont eux qui mènent, en chefs organisés, par bandes de milliards, dont un minimum de vingt millions sont indispensables à la fécondité. Ces petites bestioles nous contrôlent silencieusement. Et nous ne pouvons que prendre la queue comme tout le monde. C'est très délicat et très complexe.

Pendant que je vous parle, Laura, mes spermatogonies font une danse acrobatique qui les divise en spermatocytes, qui se subdivisent en spermatides, qui se façonnent en jeunes spermatozoïdes qui auront déjà une tête, avec une casquette à l'envers, yo! et une queue hyperpuissante, la flagelle, qui les propulse comme une hélice hors de mes testicules, à condition que ceux-ci soient à trente-trois degrés Celsius bien précis. Alors s'engagera une course de fond dans mon épididyme, qui mesure tout de même sept mètres. Ils doivent avoir l'esprit de compétition et le sens de l'orientation et de la direction très aiguisé, car il est long le chemin qui mène au milieu vaginal. Au microscope, le spectacle est très désolant: il y en a qui partent dans tous les sens, comme d'autres se perdent sur toutes les rues Saint-Denis du monde.

J'ai moi-même de plus en plus cette conviction. Je trouve que ça n'enlève rien au mystère de l'attirance entre les êtres et que ça ne contribue pas du tout à son éclaircissement. Bien au contraire. L'amour est bien plus vaste et puissant qu'on peut l'imaginer. Ça, par contre, si elle l'avait déjà su, elle l'avait oublié.

Et pendant que Didier servait en sautillant les acras de morue brûlants et très piquants, la belle Créole, tout sourire, nous proposa quelques grands crus, sur lesquels j'étais incapable de me concentrer, tiraillé que j'étais entre le nez frémissant de l'avion et celui de ma pulpeuse voisine. Un nez si fin qu'il devait s'y connaître en vin. J'aimais déjà comme un fou sa cuisse, sa jambe, sa charpente, sa robe. Et je la laissai choisir en rêvant au moelleux de sa rondeur en bouche.

Elle fit claquer son palais en avalant une petite gorgée, suivie d'un:

— On ne téléphonera pas à l'Axa[1] de Bordeaux pour dire comme il assure grave, mais ça ira. Et vous?

Encore tout absorbé par la vivacité soyeuse de sa petite langue rose, je répliquai distraitement:

---

[1] La plus grande française d'assurance dirigée par un Québécois de cœur.

— Je préfère une grande bière à un vin quelconque, mais puisqu'il n'y en a pas, on va le faire aller.

— Il faut que vous entrepreniez mon éducation brassicole. Je n'y connais absolument rien. Mes parents et mes grands-parents étaient viticulteurs. Je suis bordelaise. De Bordel et de Bordeaux. J'ai la double nationalité.

— Dans ma famille, nous sommes brasseurs de père en fils depuis bientôt dix ans, lui répondis-je pour faire mon comique.

Elle, emplissant de nouveau les verres:

— On fait du vin au Canada?

— J'ai des copains québécois qui fabriquent un blanc respectable depuis quelques années. Il y a quelques bons rouges du côté du Niagara. Le Canada est surtout fameux pour ses *ice wines,* faits avec des raisins cueillis après la première gelée. Les amateurs du monde entier, jusqu'au Japon, se les arrachent à prix d'or. Il ne faut surtout pas les confondre avec nos *ice beers,* qui sont une pure *ice*croquerie.

— Un jour, je vous en ai beaucoup voulu. Je mourais de soif pour une bière, j'étais chez des amis qui m'ont proposé votre redoutable *Maudite*. Eh bien, elle était trouble, avec plein de saletés au fond, et je n'ai pas osé y goûter.

— Il ne faut pas vous laisser troubler par une bière trouble. Elle est grossièrement filtrée pour conserver toute sa saveur. C'est le principe des bières de trappistes. Je pourrais écrire un livre là-dessus. Ce que vous appelez des saletés, c'est le dépôt des levures qu'on injecte pour la refermentation en bouteille et qui se posent au fond avec amour. Ça devient de la vitamine B pure. Excellente pour la mémoire... qu'est-ce que je... Où en étais-je? Ah! oui... On assiste à une orgie sexuelle. Les levures bouffent le sucre avec amour, qui se transforme en alcool et en gaz carbonique, et ensuite on les met en salle de chauffe avec amour, à vingt-huit degrés pendant quelques semaines, dépendant du degré d'alcool qu'on veut leur donner. C'est à la fois simple et compliqué.

— Comme l'amour.

— Pour moi, contrairement aux intellectuels français, ce n'est pas la première gorgée de bière qui est la meilleure, mais la toute dernière.

7

Dans chaque voyelle je ne vois qu'elle

Elle s'illumina d'un sourire pompette en avalant son boudin créole, avec une troublante délicatesse, et se pencha vers moi pour me glisser à l'oreille:

— Samson, mon petit Sam, vous me plaisez un tout petit peu trop. Tout ça est pour l'instant très virtuel, mais j'ai confiance en vous…

Il y a des mots qui crucifient. Et là, elle avait trouvé le bon. Confiance. Elle avait déjà compris que j'étais hyperémotif et sentimentalement très fragile, comme la plupart des artistes et quelques présidents des États-Unis. Elle s'emporta:

— Vous savez, des hommes, j'en rencontre de plus en plus, et j'en trouve de moins en moins.

Elle se mit à me prendre la main et à me tripoter les doigts d'une manière très fébrile, presque orgasmique.

— Je les trouve incultes, dépourvus d'humour, calculateurs, avares, ennuyeux. Autrefois, au moins ils étaient jaloux, cyniques, ambitieux et intéressés, ce qui n'est pas toujours un défaut. Mais maintenant, on dirait qu'il n'y a jamais personne au numéro que vous avez composé. Je vous dis ça en toute sincérité, car j'aime la vérité au-dessus de toutes choses et j'ai envie de parler vrai avec vous. Souvent, il suffit de parler d'un sentiment pour qu'il surgisse. Et dès qu'on n'en parle plus, il meurt.

— L'amour, avant qu'on invente le mot, existait sûrement, mais ce n'était qu'un *buzz*. Ne comptez pas sur moi pour séparer le vrai du faux, le laid du beau. Et je sais de moins en moins où se trouve la vérité. Je connais des menteurs tellement sincères qu'ils en deviennent schizophrènes. Qu'est-ce qui vous dit que je ne suis pas moi aussi uniquement intéressé à vos fesses et au S de votre silhouette, que je ne porte pas un masque sous lequel il y a tous les défauts que vous m'avez énumérés plus tôt, et encore beaucoup d'autres que vous n'imaginez même pas?

— Mon intuition, qui ne m'a jamais laissé tomber, me mène toujours plus haut. Je plains les intellectuels qui réfléchissent par procuration. Je peux lire dans vos yeux et je vois quelque chose en devenir, sur le point d'arriver. Quelque chose de très fort et d'unique. Une très belle histoire. J'aime les belles histoires!

— Laura, vous êtes folle, et
vous me rendriez fou si je ne
l'étais déjà. J'en perds la tête
et mes chaussettes. Vous êtes
une femme que tout homme a
envie de séduire, rêvant égoïste-
ment qu'il pourrait être l'unique
et le dernier. En cette seconde, j'ai
envie de vous plus que tout au
monde. Et si je m'écoutais, je
vous prendrais tout de
suite, immédiatement, et
même plus tôt si possi-
ble, sur le siège de cet
avion. Moi qui suis
tellement marié et qui
n'ai jamais trompé la
femme que j'aime, je ne
me possède plus, je me
meurs d'envie. Et ça ferait le
plus gros scandale du ciel et de
la terre à la fois. Nous irions en
Enfer tous les deux. Qui suivrait
l'autre, et pour combien de temps?
Nous appartiendrions à une société
d'admiration mutuelle les premiers

jours. Au début, et les mois qui suivent, on pourrait se mirer dans nos demi-lunes de miel. Je vous écouterais écrire pendant que vous me regarderiez composer. On partirait en week-end, emballés, excités comme des étudiants de science peau. On se ferait venir et revenir huit ou dix fois dans la même journée. On jouirait quelques fois bruyamment, quelques fois en silence. J'en surbanderais d'avance si je ne l'étais déjà. Mais on ne se connaît pas. Et dans six mois, on réaliserait qu'on n'est pas du tout mais pas du tout fait l'un pour l'autre, qu'on s'est admiré, aimé, couché, réveillé ensemble. Puis un matin, en lisant les journaux, vous trouveriez que je fais trop de bruit en mangeant mes *Choco Pop* de *Kellog,* comme en ce moment avec mes ouassous[1]. J'ai la bouche en feu. Merde! en plus, je viens de faire une tache. Et on se taperait petit à petit sur les nerfs, jusqu'à ce que le désamour s'installe, sans qu'on l'ait jamais vu entrer.

— Mais c'est très difficile à manger, ces trucs-là. Heureusement que c'est piquant et délicieux, parce que ça fond dans la bouche comme un tabouret dans la gueule d'un flic. Hm! ça donne soif. Un peu de rouge qui détache? Euh...qu'est-ce qu'on disait? Ah oui! J'ai très confiance en vous parce que, sous votre masque, je peux lire votre carte du tendre. Mais, promis juré, vous n'avez toujours aimé qu'une seule femme?

---

[1] Écrevisse en créole: roi de la source.

— Pas dans ma vie, mais à la fois, autant que possible une seule, je veux dire. Excusez-moi, le mélange d'alcool et d'altitude m'embrouille. Je trouve ça extrêmement difficile de tomber amoureux. Heureusement, on ne s'aime pas encore, mais on est tellement bien tous les deux. Avant vous, ça ne m'était pas arrivé depuis vingt-cinq ans, minimum.

— Même pour un soir? En cherchant bien, ne pourrait-on pas trouver quelques petits coups de rein anodins? Réfléchissez bien!

— Rien de bien grave. Rien de sérieux. En tout cas, ça ne m'a laissé aucun souvenir!

— Même platonique? Ce que je trouve encore plus grave puisque ça mène souvent au crime pathologique. Vous n'avez jamais désiré quelqu'un qu'il ne fallait pas désirer? La femme d'un copain, une amie de votre femme? Vous n'avez jamais souffert au point de vouloir déchiqueter quelqu'un? Vous n'avez jamais été délaissé ou abandonné au point de mettre votre réveil à sonner la nuit dans le but de vous réveiller pour haïr votre rival?

Nos coudes ne se frôlaient plus innocemment. Ils se serraient, se pressaient de plus en plus fort, et les ions électriques de nos deux épicondyles m'envoyaient des mégahertz dans tout le corps. J'avais une montée de testostérone très importante, et le bas de mon ventre était tendu comme un arc à tuer les orignaux. L'entrecuisse coulant du fromage de chèvre pissait dans son assiette. Vous allez trouver que j'exagère, mais c'est du Brillat-Savarin. Le texte. Pas le fromage. Quelques verres plus tard, nous terminions notre banane flambée lorsque revint notre gentille déesse des Antilles, dont les seins, pointus comme des aiguilles, me tricotaient une envie de lui dire: «Ils sont beaux ta blouse!» C'eut tété un peu téteux, puisqu'elle nous proposait en digestif un vieux rhum d'amour macéré dans le bois bandé. Pendant que Laura chantonnait, «*Chu' r'partie sur Québécair, Partouzair, adultair pis banan' mexican'*», je m'envoyai une rasade qui mit le turbo à ma crise de priapisme carabinée. Ça a l'air d'une blague, mais on n'attache pas un chien affamé avec de la saucisse.

— Je peux y goûter, moi aussi.

— Vas-y, mononcle Sam, donnes-y. Je connaissais la force du bois bandé. Il en poussait à foison autour de mon bungalow, ainsi qu'à Matouba, là-haut, et sur la route du col des Mamelles. J'en faisais moi-même des ti-punchs délicieux depuis plusieurs années, et je n'avais pas réellement besoin de ça aujourd'hui, dans l'état raide double où j'étais.

J'avais lu en première page du *France Antilles* de Noël 98 un article que j'avais pris très au sérieux, au point de le découper. De grosses lettres rouges de trois pouces et demi annonçaient tragiquement: «Il meurt bandé parce que sa fiancée ne vient pas.» Un désespéré jaloux qui voulait reconquérir sa dulcinée volage avait forcé la dose de ce vasodilatateur très puissant. Après en avoir abusé toute la nuit, au petit matin son cœur a lâché. C'est très fort, ce truc-là.

— Samson, mettez-moi encore quelques doigts. Je ne vous crois pas. Vous allez peut-être me raconter qu'en plus on n'a jamais réussi à fermer le cercueil? Non, mais c'est trop. Arrêtez. Chatouillez-moi plutôt sous les bras, si vous voulez me faire rire.

Elle avait les aisselles d'un ange.

Je vous jure que c'est très puissant. La corne de rhinocéros et le Viagra, à côté, c'est du Régine Desforges pour les tout-petits.

Elle avala cul sec son bois bandé et, n'y croyant pas plus qu'aux zombies, en recommanda un autre. À ce moment, l'avion se mit à brasser, à vibrer, à secouer, à branler tellement qu'on aurait dit une mauvaise séquence de film porno américain amateur. Tous les voyants *Attachez vos ceintures* se mirent à clignoter. Moi qui rêvais justement du contraire, dans l'état où j'étais après tous ces coups, je compris plus que jamais que c'était sérieux quand je vis s'allumer *Attention cabine attachée*. Des grêlons gros comme des balles de golf se mirent à mitrailler la carlingue dans un bruit d'enfer. Les chariots et les plateaux, les verres et les assiettes rock 'n rollaient dans toute la cabine jusqu'au plafond. Ceux qui n'étaient pas attachés se fracassaient le crâne contre les porte-bagages. Ce que je craignais le plus était en train d'arriver. Les gros cumulonimbus menaçants nous avaient rejoints. Le plafonnier s'éteignit, se ralluma, juste le temps d'apercevoir la gazelle antillaise à quatre pattes, son joli petit cul comme des perles au pourceau dans le nez du fifon, qui cherchait son dentier fracassé sous les bouteilles de bois bandé valsant dans l'allée.

L'appareil, rattrapé par le *jet stream,* fit une chute de trois cents mètres en trois secondes.

L'avion plongeait au-dessus de l'océan dans l'obscurité des ténèbres... C'était la fin.

Le souffle coupé, dans la noirceur
la plus totale, à l'ombre
des étoiles les plus sombres,
je vis le ruban de ma vie se dérouler
en Cinérama.

La Chevrolet grise 1944 de mon grand-père,
ornée d'une sirène de police qu'il faisait hurler
quand il venait me chercher.

La couverture de laine rouge
dans laquelle les ambulanciers
m'ont enveloppé
à la sortie de l'hôpital,
après l'ablation de mes amygdales.

La petite Claudette de six ans,
qui me montrait ses fesses de devant
derrière la vitre.

Les leçons de piano de la sœur Catherine,
qui me tenait serré entre ses cuisses.

Ma première communion.

Les parties de quéquettes
sous le balcon de la rue Laverdure.
Mon premier téléphone: Dupont 8-7156.

Rintintin, Roy Rogers, Gungadine,
Laurel et Hardy.

Les petites voisines.

L'Halloween.

L'œil magique de l'Oldsmobile 56 bleue de Maurice.

La Cadillac rose d'Elvis.

La grosse Lise
qui sortait avec un homme marié.

Ma première truite.

La Boulé où je criais comme un perdu,
«j'en ai une! j'en ai une!»

Michelle,
qui branlait les garçons plus vite que son ombre.

Anne,
qui ne savait rien et à qui j'ai fait mal
la toute première fois.

Mon p'tit frère de trois ans,
que j'attachais sur le tourne-disque Mickey Mouse,
qui tournait à 16 tours, à 33 tours et à 45,
et qui ne s'est jamais rendu jusqu'à 78 en restant
debout.

Nicole,
si petite dans la grosse Chrysler 300 blanche,
intérieur rouge *Rock Around the Clock* de son papa.

La Grande-Allée, le parc Ahuntsic.

Ma première cuite au *Rocklift,*
où j'en avais les jambes toutes molles. Je fumais
la pipe pour avoir l'air plus vieux.

Ma première guitare, achetée quinze dollars.
L'Île-aux-Fesses.

789 Dunlop.

Mes premiers joints de *Mexican gold*.
La *Butte-à-Mathieu*
avec Félix Leclerc.

Le piano *Heintzman* du salon de mes parents,
qui se mirait dans le foyer de marbre art déco,
rougissant de ses bûches artificielles.

L'étudiante en mal d'affection,
qui avait prétexté une interview pour le journal du
couvent pour m'embrasser.

Manon,
la sœur inaccessible de mon copain campeur.

Hélène,
ivre morte, que j'avais gamahuchée dans le noir en
silence, en me faisant passer pour un acteur de
roman-savon qu'elle adorait.

Maurice Richard,
son 400e but au *Forum*.

Le pensionnat.
Le Jardin du Sacré-Cœur.

L'usine métallurgique de papa
que je ne connaissais pas.

L'usine en chocolat de maman
qui n'a jamais eu d'amant.

Kansas City.

Les *zoot suits* noirs et roses.

Chuck Berry, Jerry Lee Lewis, Fats Domino.

Des motels.

Du néon.

Des *t-bone steaks.*
Las Vegas, le *Ceasar's Palace.*

Les *Flying Toecaps.*

Les chaussures dorées.

Rosette.

La *Casa espagnole*.

Peace, love and LSD.

Pedro.

Les chevilles tellement fines de Michelle,
la veuve sexy aux talons Charles Jourdan.

Ma vieille Karman Ghia décapotable.

La productrice en chaleur.

Sa sœur.

L'*Île-Ste-Hélène, l'Hôtel Iroquois*.

Offenbach.

Tabarnak.

La réalisatrice, l'actrice, la touriste, l'arriviste.

Francine, Monique, Suzanne.

Les *beatniks,* les *slows* collés, les *plains* toastés,
l'*École Nationale*.

L'Anglaise, pas si vilaine que ça,
qui avait le feu au cul et me suppliait de
la sodomiser au-dessus du lavabo pendant
qu'elle se lavait les cheveux.

Mon scooter *Vespa,*
Léo Ferré, Frank Zappa,
Stan Getz.

Stardust sous la lune, au *Sopranino* dans le sable.

L'infirmière aux gros tétons
qui aimait ça dans le sable aussi.

Les *Champs-Élysées,* les putes de Pigalle, le Grand
Hôtel *Tarane,* la taverne *Saint-Germain-des-Prés*.

Les faïences de *Lipp*.

Les couchers de soleil dans la baie de Vancouver.

Mon vieux *Chris-Craft,* le *Commodore Yacht Club*.

Le bateau de Coluche,
son King créole jaune radis, bleu tomate, rouge banane, qui ne touchait ni la terre ni le ciel.

Le lac Champlain, *the beautiful.*
Antibes, Monaco.

Annie Cordy.

Les pattes d'éléphant.

Ma déesse.

Ma SM d'argent.

Les patinoires brillantes, mes patins à glace.

Fellini, le cirque, Sergio
qui pousse la porte du bistro, Marcello qui descend, fatigué, les marches de la *Plaza di Spaña.*

Quatre orchestres symphoniques.

Les violons en *stainless steel* de Philippe Gagnon.

La rivière *Hudson* et ses châteaux hitchcockéens.
Les buildings de Manhattan.

La *Harlem River* et ses paysages apocalyptiques.

Le *Time Square* pas sérieux de mes dix-sept ans.

Le beigne et le café après avoir roulé toute la nuit.

Mon solo de *drum* à l'*Olympia*.
Je pourrais écrire un livre là-dessus.
Mais c'est pas le moment.

Georgette Plana… et l'avion aussi…

… qui se redressa miraculeusement dans un fracas d'ailes d'ange arrachées.

Durant ces trois secondes et demie, j'avais à peine entrevu le millième de ma vie. Comment le réalisateur aurait-il pu me montrer les quatre-vingt-dix-neuf pour cent du film qui manquent, si l'avion avait explosé? Vous me soutiendrez que je ne suis pas mort, mais j'ai un gros doute sur le talent du monteur. Au moins, j'avais une chance de revoir ma femme et mes enfants. Merci le ciel.

8

On spermait tout, mais pas n'importe quand ni n'importe où

Coup de froid, panique, coup de chaleur. J'entendis un cri éléphantesque d'au moins cent dix décibels, qui venait de l'arrière de l'appareil, me rappelant le Kenya. Probablement la piscine Léonie qui déborde. Si vous croyez qu'Aretha Franklin peut crier, vous n'avez encore rien entendu. Sous les masques à oxygène déployés, ça commençait à sentir le vomi, la merde, Calcutta pendant la mousson. Je n'y suis jamais allé, mais j'imagine.

Durant cette descente en chute libre, rien à voir avec une descente vertigineuse olympique ou le ski héliporté de Bougaboose, plus épeurante que le pire manège d'*Universal Pictures* et de *Disney* combinés, ma voisine avait enfoncé sa tête dans mon cou. Elle me serrait si fort que si l'avion s'était écrasé, je serais mort étranglé d'une bien agréable façon avant l'impact fatal.

Maintenant elle m'embrassait dans le cou, sous les oreilles, sur le menton, autour des lèvres, partout. Nos deux langues s'entrelaçaient. Elle me mangeait la luette, et m'aurait dévoré les amygdales si je les avais eues encore. Je souhaitais mourir en fondu enchaîné dans sa bouche. Le fifon édenté s'égosillait dans le noir en essayant de couvrir les hurlements: «NOUS VAVONS VENCONTVÉ UNE VONE DE TUVBULENFE. L'AVION A GLIFFÉ DE HUIT FENTS MÈTVES. NOUS NE VISQUONS PAS DE NOUS V'ÉCFAVER. VOUS V'ÊTES EN FÉCUVITÉ.»

Soutenu par un vent modéré, l'avion reprit de l'altitude et continua son vol à peu près normalement. Sauf que maintenant une panne d'électricité avait plongé la cabine dans l'obscurité la plus totale. Il y avait sûrement des blessés. On entendait des pleurs et des grincements de dents timides en classe affaires, et crier, gémir, jurer, sacrer, hurler, brailler, et pire encore en économique. Toutes les dix secondes, le hennissement douloureux de Léonie déchirait les odeurs. Jamais je n'avais frôlé la fin d'aussi près.

En fait, étais-je bien vivant dans ce trou noir qui ressemblait tant à l'idée que je m'étais toujours faite de la mort? Oui. Je palpais mon visage, mon cou et les seins de ma voisine, dont je sentais durcir les mamelles sous les dentelles de son soutien-gorge à armature. Et je réalisais que tout ça n'était pas un rêve, ni le fruit de mon imagination. Elle était bien assise à côté de moi, plutôt en chair qu'en os, plus brûlante et frémissante que jamais.

Les aiguilles phosphorescentes de ma vieille montre chrono Givenchy, bracelet Pécari à mouvement perpétuel, indiquaient huit heures et demie. D'après ma vessie, on devait être à deux heures des Petites Antilles.

Je ne crois pas en Dieu, le père Noël tout-puissant, créateur du ciel et de la terre. Mais si son fils revenait nous voir une deuxième fois, maintenant que la Compagnie de Jésus est en faillite, j'aimerais mieux le voir réincarné en pilote d'avion qu'en athlète olympique. Ça ne sera pas de la tarte à la farlouche[1], si la panne continue, de poser ce Jumbo à la mitaine, sans ordinateur et sans radar.

La bouée de sauvetage créole, qu'on ne distinguait dans le noir qu'au son de sa voix faussement rassurante, arpégeait dans l'allée entre les râles, «Il n'y a aucun danger. Tout est sous contrôle. Le capitaine a l'appareil bien en main et il va nous ramener au sol

---

[1]Je n'ai jamais su exactement ce qu'il y a dedans, mais c'est très populaire chez nous.

sans problème. Ce n'est pas la première fois qu'il fait ça.»

— Peut-être malheureusement la dernière, me rongeai-je.

Ma voisine, surexcitée dans l'obscurité, que staccataient les hannements des Allemands, les *mama mia* des Italiens et les hou la la des Français, se mit à me caresser d'une manière hystérique. Ses ongles lacéraient mon sexe enflammé de plus en plus vite, comme s'il eut été le manche de guitare de Jimmy Hendrix. Elle semblait en proie à une frénésie gourmande incontrôlable.

— Il y a pour moi quelque chose d'indissociable entre la mort et la fusion sexuelle. Comme entre le commencement et la fin d'une vie. Dites-moi que vous me désirez, que vous me voulez. Prenez-moi vite, je suis sur le point de jouir. Empalez-moi d'amour (air connu), redites-moi des choses dures, je veux que ça fasse mal, je suis à trente centimètres de l'extase.

J'ai failli lui répondre: «Deux petits coups de quinze centimètres et un aller-retour sur la gueule, ça vous irait, divine marquise?» Je me suis retenu, l'humour allant de pair avec l'amour, mais jamais avec l'érotisme, qui est toujours dramatique, violent et secret.

Ce que je n'ai pas fait en cachette, dans la noirceur touffue où nous n'existions pour personne, même un animal l'aurait fait. Elle prit ma main droite et la fourra violemment entre ses deux cuisses entrouvertes. Je naviguais dans une cascade de délices, au cœur de son triangle de scarpa. Mes jointures frôlaient la soie humide de ses dentelles élastiques et mes doigts fébriles égrenaient passionnément des triolets fluides autour de sa toison brûlante. RRRIPP, clack barnac. Le rubis de ma bague de mariage, après avoir déchiré le satin de son slip, fit sauter l'élastique en lui écorchant la peau.

— Pardon, je vous ai fait mal?

— Oui, mais pas assez. Je saigne à peine. Lacérez-moi, continuez, j'adore!

Ah non! je n'exagère pas. Ohh! ahh! Arrière, démone! Je vais mourir. Mon cœur s'arrête. Je voudrais que l'éternité ressemble à cet instant précis sur la corde raide. Je suis au bord du jaillissement lacté. À mon corps défendant, elle s'empara ensuite de ma main gauche, et après m'avoir sucé et mordillé les doigts jusqu'au sang, la glissa allegro entre les bonnets bouillants de son soutien-gorge dégrafé, me susurrant à l'oreille:

— Frottez-moi les deux aréoles en même temps, d'une seule main. On verra si vous êtes un grand pianiste.

Le trac. Je n'avais pas du tout envie de jouer, mais c'était exactement la distance d'une quinte augmentée, et j'y arrivai sans le moindre effort. Je me préparais à jouer *Jingle Bells* à deux doigts, pendant que les bouts de ses mamelons au miel devenaient fermes comme des gommes de crayon HB. Ensuite, elle s'est précipitée sur ma braguette comme une assoiffée du désert, en gémissant:

— Je vous en supplie, retenez-moi, je perds la tête, c'est plus fort que moi, je ne peux plus m'en empêcher. Laissez-moi vous prendre dans ma bouche avant de mourir. Je veux vous sentir grandir entre mes lèvres. Après, je vous ferai entrer dans mon paradis par toutes les portes du Ciel et de l'Enfer. Chhhutt! ne dites rien, taisez-vous, mais écrivez-moi «je vous aime» de toute votre âme et de tout votre sperme. Imprimez-le sur ma langue, dans mon palais, au fond de ma gorge. Je flotte dans l'air liquide. Je glisse, je me dissous, je jouis, je... je vais jou... ahen... ahon... ahen...!

— Oh, *shit!*

Je vvviens... je viens de voir les néons du plafond et toutes les lumières blanches aveuglantes de l'avion se rallumer d'un seul coup. Ayoye! Mon astrojet venait de rater son décollage, à un demi-soupir près, et je bandouillais comme un baudet désemparé, perdu. Je me précipitai sur la couverture en laine d'*Air France,* comme Fabien Barthez sur un ballon de tête, et me la remontai jusqu'au cou.

Laura, que la frustration de ce désir inassouvi rendait encore plus désirable, se blottit toute câline contre moi en rajustant ses cheveux ébouriffés.

— Je ne comprends pas ce qui m'a pris. C'est la première fois de ma vie que je me jette sur quelqu'un. J'ai complètement perdu le contrôle de mes sens. J'ai honte. Pourtant, j'ai rencontré des hommes toute ma vie. Beaucoup d'hommes. Et des plus attrayants que vous, que j'ai séduits, courtisés, aimés. Et, croyez-moi, ils s'en souviennent. Des mâles puissants, irrésistibles, aux yeux d'acier. En plus, vous n'êtes pas vraiment mon genre. Je craque pour les beaux ténébreux à la peau mate, aux cheveux de jais et au nez aquilin.

— Effectivement, ce n'est pas tout à fait moi.

— Pardonnez-moi, j'ai trop bu de cette saloperie.

En bredouillant tout ça, elle promenait ses doigts nerveux dans mes boucles frisées.

— Peut-être me suis-je trop saoulée d'érotisme par procuration, à travers les séductrices dévergondées de mes bouquins. Je ne suis pas obligée de vous raconter ça, mais j'ai la sensation que sous le rideau de ma jupe se déroule une scène d'au-delà du réel.

— Moi aussi j'ai l'impression que ce moment est un fragment de l'éternité malhonnête, une petite bulle qu'on lui aurait volée. Je n'arrive pas à vivre le moment présent parce que mon métier de musicien m'oblige à décomposer les secondes. Je suis comme le son: toujours derrière ou devant. Jamais pile dessus. Avec vous, j'ai l'impression d'être dans une boucle qui échappe au temps.

— C'est vrai? J'aimerais, au-dessus de toutes choses, qu'on continue à se parler sincèrement, qu'on soit franc l'un envers l'autre. J'ai une soif intense d'absolu.

— *Absolut?* Vous n'allez pas mélanger de la vodka par-dessus tout ça?

— Qu'est-ce qu'il est con! Je vous parlais sérieusement. Est-ce que vous ne sentez pas comme moi cette attraction mystérieuse, tout à fait incontrôlable, indéfinissable, entre nos deux plexus solaires?

— Oui. C'est de pire en pire. Je sens une force électrique de plus en plus wattée entre nos deux sacs de peau, comme si mon cœur volté voulait sortir de ma poitrine. Je ne comprends pas et je ne cherche pas à comprendre. C'est bien de ne pas pouvoir tout expliquer.

— Ce qui serait intéressant, ce serait de savoir où et comment tout ça a commencé. Pas pour moi, qui ai suivi tout ce que vous faites depuis mon adolescence, mais pour vous.

— Au kiosque à journaux, déjà, j'ai reçu une décharge qui m'a donné un premier choc. Ensuite, je suis tombé en arrêt devant la douceur lumineuse de votre profil et cet accent circonflexe couché entre vos paupières et vos pommettes. Ce petit nez, sous la parenthèse de vos sourcils, au-dessus de l'ourlet de vos lèvres, m'a poignardé. En baissant les yeux, j'ai été troublé par votre irrésistible creux poplité (je pourrais écrire un livre là-dessus) au point d'avoir envie de me mettre à genoux, faute de pouvoir soulever votre jupe. Enfin, je suis tombé sous le charme de toute cette harmonie généreuse qui émane de votre aura, Laura. Je ne peux pas dire mieux. Vous n'êtes pas aveugle, vous avez déjà vu d'autres femmes. Je vous trouve très belle. Trop belle. Tellement belle. Tellement archangélique. Vous... vous êtes... On... on dirait ma f...

— Pardon? Quoi?

— Non, non, rien.

— Allez, continuez.

— J'allais dire, «on dirait ma femme en mieux»... Sauf que vous êtes diff... Par contre, si je ne suis pas votre type d'homme, vous êtes tout à fait mon genre de femme.

— Ah! Je croyais que vous étiez le modèle même de l'homme fidèle, le prototype du mythe américain, «Papa a raison».

— Mais j'ai des yeux! Je veux dire, le genre de femme qui me fait rêver, qui m'attire. Tout ça est tout à fait inapplicable dans la réalité. Je ne suis pas un saint. Vous êtes une apparition lumineuse qui arrive bien trop tard, avec laquelle je ne pourrai jamais refaire ma vie.

— À moins que vous n'ayez deux cœurs et deux vies, comme chez les poètes. Et pourquoi n'écrivez-vous presque jamais de chansons d'amour?

— Parce que je préfère la caricature sociale. Ça me convient mieux. En plus, je suis tellement comblé amoureusement que je me contente de le vivre sans me sentir obligé de le crier sur les toits. Quand on est bien nourri à la maison, on n'a pas envie d'aller manger ailleurs.

— Allons! Après un quart de siècle, ce n'est plus de l'amour. C'est la peur de perdre. La possession extrême, mêlée de jalousie maladive. Pour qu'un amour vive, il faut qu'il respire, et pour qu'une passion dure, une petite frustration à la base est indispensable. Si on n'est jamais en manque, le feu s'éteint après deux ou trois ans. C'est vrai pour vous comme pour tout le monde.

— Ah non! Juré craché! Ma femme et moi, on n'est pas comme ça. Pas comme les autres petits couples. On est «au-d'sus d'ça». On est l'exception sur trois milliards qui confirme la règle. C'est bien pour ça que je ne me suis jamais senti aussi détraqué que maintenant. Si ce que je suis en train de penser arrivait, j'aurais peur de souffrir le martyre. J'ai une charge amoureuse très forte. Après avoir pleuré toutes les larmes de mon corps, j'en manquerais. Ensuite, je vomirais de douleur pour le reste de mes jours. Je me connais trop bien. La Religieuse portugaise, c'est Madonna à côté de moi. Je ne m'en remettrais jamais. Je suis trop entier. Ordinaire, mais pas normal. Pire qu'une jeune fille en fleurs.

— Mais que vous êtes dramatique, mon pauvre Samson!

— Ah non! Tout, mais pas «pauvre». Je souffre assez comme ça.

— L'amour n'est pas une torture. C'est quelque chose qui rend gai, qui vous remplit d'un plaisir infini, qui doit vous donner envie de vous réveiller tous les matins avec le désir de conquérir le monde, qu'il vienne manger dans votre main.

— Vous croyez que beaucoup d'hommes comme moi trouvent leur complément direct?

— Tout le monde le cherche, en tout cas. Mais il y a aussi le complément circonstanciel, et quand on le trouve, on peut accomplir de très grandes choses. Les femmes modernes recherchent des hommes qui peuvent les mettre en valeur, et vice versa.

— Plus souvent vice que versa.

Les lumières du plafond se remirent à clignoter comme une guirlande de Noël, avant de s'éteindre l'une après l'autre encore une fois.

— Ah non! Pitié! Voilà que ça recommence. Cette fois, on y reste.

— Embrassez-moi. Adieu! On va disparaître ensemble.

— Non! Pas sur la bouche. Je suis encore trop excitée.

— Sur les joues? Dans le cou?

— Il y a des endroits plus émoustillants, sur la nuque, derrière les oreilles.

— Non, non, non! Pas là! Pas là! Aux abords des lèvres.

— Calmez-vous! Calmons-nous! Tout doux, tout doux…

Les guirlandes se remirent à clignoter et la lumière revint parmi les hurlements de ce capharnaüm hystérique.

— Je vous trouve encore plus désirable quand vous êtes excitée. C'est difficile à porter, une telle beauté? La sensualité vous rend irrésistible. Mais quel âge avez-vous?

— La quarantaine. À peine, à peine!

— Ça vous va à merveille.

— Ah non! Non. C'est dans les moments de panique qu'on reconnaît un homme galant. Là, normalement, vous devriez répondre, «mais c'est incroyable, vous en paraissez à peine trente».

— Mais vous m'avez dit tout à l'heure que vous aviez deux grandes filles dans la vingtaine.

— Alors, c'est tout à l'heure que, pour être poli, vous auriez dû répliquer «mais c'est impossible, vous êtes bien trop jeune.»

— Excusez-moi d'être impoli, mais j'ai toujours aimé les filles de mon âge. Quand j'avais quinze ans, j'aimais les filles de quinze ans. Quand j'ai eu trente ans, je tenais les femmes de mon âge pour les plus belles du monde. À quarante, je les trouvais encore plus désirables. Et à cinquante, elles me plaisent plus que jamais. Je les trouve tendres, mûres, compréhensives. Et en plus, nous avons un demi-siècle d'images à partager. Dans une fin de millénaire, ce n'est quand même pas rien.

— Et vous n'avez jamais eu envie d'un beau petit cul ferme et bien tendu? Allons! Pas vous! Pas à moi!

— Je ne dis pas que je suis à l'abri du démon du midi, mais je vous jure que ça ne m'est encore jamais arrivé.

— Mais j'ai à peine dix ans de moins que vous. Si je me mettais à boire comme un lavabo et à fumer comme une cheminée, je pourrais vous rattraper.

— Ce ne serait plus vous. Et de toutes façons, il faut arrêter ça tout de suite. Je suis déjà sous votre emprise, complètement désarmé. À vos genoux. Ensorcelé.

— Je ne vous crois pas. Embrassez-moi encore, sur les lèvres, doucement cette fois. Personne ne nous regarde. On n'a pas le droit de parler à une jeune femme comme ça. Vous êtes un maître brasseur de l'amour. Je suis sûre que ce sont des phrases de romans apprises par cœur. D'ailleurs, je vais vous les piquer pour mon prochain bouquin. Vous n'écrivez jamais autre chose que des chansons?

— Un jour, j'ai pris un long congé de mélodie... pour réaliser une bande dessinée. *The Singing Spy,* les aventures d'un intraterrestre qui va chanter chez les extras, tout en faisant de l'espionnage interplanétaire. Il était à peu près aussi sexy que Goldorak. Alors ça ne vous aurait sûrement pas intéressée.

— Vous savez, l'érotisme n'est pas la chose la plus importante pour moi, même si elle est très en avance sur la deuxième. Vous semblez croire que je suis une obsédée sexuelle.

— Non, je ne le crois pas, j'en suis sûr. Pardonnez-moi d'être dur, dur (Samson n'avait pas débandé une seconde depuis le décollage), mais je trouve que vos romans, pour le peu que j'en ai lu, sont beaucoup trop *hard.* Ils manquent dramatiquement de profondeur et d'intrigue. On n'y trouve que des cagoules en latex, des pompiers à grosse bitte et à couilles velues, des *gang bang,* des fellations, des sodomies interminables, des pages et des pages de douches de sperme, d'éjaculations faciales, de *fist fucking,* de femmes qui se pourlèchent la chatte. J'en passe et des «Miller» (il a écrit plusieurs livres là-dessus.) Même en tant qu'érotomane léger, je trouve que vous n'y allez pas avec le dos de la cuillère.

— Vous auriez pu dire «le dos du cul hier» ou «des couilles hier», pour rester dans le ton grivois de mes bouquins qui ne sont pas assez bandatifs pour vous, selon l'expression de Verlaine.

Ou elle avait le vin triste, ou je lui avais fait beaucoup de peine, car elle s'est mise à sangloter comme une Madeleine.

— Mais non, ma petite Laura, ne pleurez pas! Je ne voulais pas dire ça! Je trouve simplement qu'une belle plume comme la vôtre pourrait décharger ses émotions amoureuses un peu plus haut, pour utiliser un terme qui vous est cher.

— Sniff, j'aime les échanges charnels et sexuels, sniff, plus que tout au monde. Ce n'est pas ma faute, sniff. Plus que les échanges spirituels, visuels, intellectuels et sniff… sniff… musi... aaahiiieouaïïiHH!

Pendant qu'elle plantait ses doigts dans mon polo comme des griffes de siamois dans un tapis persan, l'avion piqua du nez en glissant vers la gauche. C'est reparti, comme en quatorze, mon kaki. Cette fois, c'est la bonne, on est ça y est! On ne s'en sort pas. On est cuits, on est faits! *Help, somebody! Mayday, Mayday, Mayday*[1]*!* Les panneaux lumineux du plafond se remirent à faire des *game over* de *Flipper* en folie. Et soudain, black-out! J'étais terrorisé par le fauteuil qui se dévissait autant que par les lacérations de ses ongles. Les pleurs et les gémissements qui explosaient de partout la rendaient hystérique. C'était comme si elle venait de ronger sa chaîne. Ses bras et ses jambes s'agitaient en spasmes convulsifs, un mélange de danse de Saint-Guy et de départ de Grand Prix pour aveugles. On se calme! Tut! Tut! Voyons! Mes rouilles conconnaient fiévreusement derrière ma Formule 1 vrombissante. Attention, départ, ça chauffe! Elle

---

[1] Expression phonétique de «m'aider» qui, répétée trois fois de suite, demande une assistance immédiate.

s'empare de mon bolide avec sauvagerie, le tire, le pousse, le retient, veut l'avaler, le recracher. Tout est noir comme un tableau de Soulages, noir brillant satiné sur noir mat, avec des reflets de lune qui pissent dans l'écume des hublots. L'avion est dans un bain tourbillon. Je sens son visage mouillé de larmes sur mon ventre. Elle essaie d'ajuster mon arbre à cames en tête et arrache sa petite culasse de soie dans sa frénésie autolubrifiante. Il y a des limites à tout, je n'en peux plus. Elle suffoque. Je sue-fuck. Je vais mourir! Vite! Plus vite! Cette fois, c'est la fin. J'imagine l'huile chaude qui fuit des lèvres de sa toison, pour graisser mon piston. J'ai les gamètes dilatés.

— Non! Pas comme ça! Pas sans condom! Je ne vous connais pas assez!

— Mais puisqu'on va mourir, on s'en fout.

— Pas moi!

Je la devine. Eurêka! Abracadabra! Alléluia! J'entends le crissement de ses dents qui déchirent l'enveloppe du condom en moins de temps qu'on change les pneus dans le puits d'arrêt chez Ferrari. On est comme deux pit-bulls qui s'arrachent un morceau de vache folle dans un cercueil clouté. C'est terminé. Je me fends en deux, je coule une bielle, je vais lui cracher mon huile bouillante dans le carburateur.

— Baisez-moi! Défoncez-moi! J'ai une envie folle de... Ahhhh! Je m'évanouis.

Flash! Les néons se rallument, aveuglants, agressifs. Ouf! Sauvé par la cloche au douzième round. Une épaisse fumée sortait du cockpit. Un enfer psychédélique.

— Ici le cap'tain Just Speaking qui vous parle. Cette petite poche d'air nous a fait plus de peur que de mal. Pas de panique, ce n'est pas un début d'incendie. La fumée qui vient d'envahir subitement la cabine n'est que la conséquence d'une petite fuite d'huile qui s'écoule sur une ailette un peu trop chaude de notre système de ventilation. Je répète: maintenant tout est sous contrôle, et je vous signale qu'il est minuit. C'est l'heure d'arroser tout ça, et nous avons ce qu'il faut. Joyeux Noël, *Buon Natale, Feliz Navidad, Merry Christmas.*

Jesus Christ! Je venais de l'échapper belle. Je suis persuadé que jamais un plateau n'a été rabattu aussi rapidement sur des genoux dans toute l'histoire de l'aviation civile. Ma voisine, en toussotant, a rabaissé sa jupe à la vitesse de la lumière, et je n'aurais jamais eu le temps de vérifier si c'était une vraie blonde, une ambrée, une rousse ou une brune. La pression redescendait.

— Pardonnez-moi, me dit-elle, avec un air de petite fille rougissante qui se fait prendre le nez dans une boîte de sucre à la crème. Encore une fois, je ne comprends pas ce qui m'a pris. C'est de pire en pire.

Une pulsion sauvage s'est emparée de moi. C'est la deuxième fois. Je suis confuse. Probablement le bois bandé. Sûrement. Avec l'altitude, l'oxygène circule beaucoup plus vite dans le sang, et l'effet est multiplié par deux.

— Sans compter que pour les femmes, il en faut une quantité beaucoup moindre.

— J'en ai un peu abusé. J'ai honte. Vous me pardonnez, vraiment, ou vous allez faire semblant?

— Quelle différence?

— En tout cas, je ne suis jamais montée aussi haut pendant une descente. Vous m'avez fait grimper avec une telle bassesse que je n'oublierai jamais.

— J'en rêvais moi aussi, et j'en rêverai en secret pour le reste de mes jours.

— Je suis impardonnable. J'ai raté mon coup. C'est une première pour moi. Je n'ai pas l'habitude comme vous de ces choses-là. (Son pénis, toujours sous la fermeture éclair, était encore plus contrarié que Samson de tout cela.) Je ne comprends pas. Le danger, la pénombre, l'interdit m'ont mis dans un état très près de l'Alaska. J'étais transporté. Gelé, figé, cristallisé.

— Je ne veux pas faire ma petite Monica. Ne vous faites pas de Bill. Le plus beau, dans tout ça, c'est que nous n'avons pas eu de relation inappropriée et que vous n'avez pas trompé votre femme… en mieux.

ENTR'ACTE

SYMPHONIE N° 5 EN DO MINEUR
Op. 67
Premier mouvement

PAR
LUDWIG VAN BEETHOVEN

Il enleva ses écouteurs en deux temps, trois mouvements... Rébecca: TA TA TA TAM. Il l'avait oubliée durant ces instants d'ivresse. Il se mit à transpirer à grosses gouttes. Le *stuart* édenté vint nous proposer à boire en souriant de toutes ses gencives roses. S'il n'était pas gay, en tous les cas, il était toujours de très bonne humeur. Il me fit un gros clin d'œil, pas subtil du tout, sous-titré, genre, «De rien pour le condom, c'était mon cadeau de Noël», qui eut l'effet de me mettre en joyeux calvaire.

— Vous n'avez quand même pas demandé une capote à cette fiotte? Tout l'avion doit déjà être au courant, et d'ici le jour de l'An, toute la communauté gaie de New York à Frisco, en passant par Provincetown, le sera! Je vois déjà d'ici la une de *Voilà:* «Samson Micreault et Rébecca: le caoutchouc brûle. Tout sur leur mariage qui capote.»

— Mais non! Je l'avais sur moi! J'ai participé hier à un gala de charité à Gstaad au profit de la Croix-Rouge, et les hôtesses, déguisées en infirmières, distribuaient des préservatifs à tout le monde.

— Comment! Vous étiez dans la salle?

— Non seulement dans la salle, mais, en plus, ce matin, j'étais assise quatre sièges derrière vous dans le Genève-Paris. Vous étiez tellement défait et absorbé dans vos sombres pensées que vous ne m'avez même pas remarquée.

— C'est inconcevable... Mais en quel honneur?

— Je représentais mon mari. Je leur ai remis un chèque important au nom de la FIFA.

Phoque! Et moi qui soupçonnais le fifon. Je suis soulagé!

— Vous avez donc assisté à ma mini minable performance?

— Oui. Et je vous ai senti tellement malheureux que je n'ai pas voulu vous en parler.

— C'était si mauvais?

— Puisqu'on s'est promis de toujours se dire la vérité: affirmatif. Le son était inexistant, les éclairages insignifiants, et vous chantiez comme quelqu'un qui a hâte que son taxi arrive. Mais rassurez-vous, dans ce genre de soirée personne ne vous a vu ni entendu.

— Ne me faites pas plus de peine que j'en ai.

— Mais qu'alliez-vous faire dans cette galère de gala?

— Probablement soulager ma conscience, en me persuadant que j'ai contribué à faire du bien à quelqu'un. Et comme vous le dites si bien, le vrai public, celui qui paye pour me voir, il s'en bat les couilles, il s'en contresuce la fleur de lys que je me tape un bide devant un parterre de milliardaires blasés. Pourtant, j'en ai fait quelques-uns, des shows corporatifs, devant des gens qui soi-disant s'en foutent. Et ça marchait. Le Mondial de la pub, un peu dur, Castorama, au boutt', Givenchy, très chic, les Caisses populaires Desjardins, payant, Rona, j'ai ramé un peu, Shermag, couci-couça. Mais j'ai toujours tiré mon épingle du jeu honorablement. Enfin, quand je pense à toutes les armes qu'on pourrait fabriquer avec les profits d'une soirée comme celle-là, ça me donne envie de pleurer.

— Je vois bien que c'est pour masquer votre chagrin que vous faites des blagues aussi cyniques.

— Ça affaiblit mes batteries et ça me fait du mal. J'aime beaucoup ça, les galas de charité, mais je n'en ferai plus jamais.

— Attention, ne dites pas ça. On aura sûrement besoin de la Croix-Rouge à l'arrivée.

Content quand même d'être en vie. Le calme est revenu dans l'avion. Elle a confiance en moi. Elle est discrète, et moi, j'aime les choses secrètes: la face cachée de la lune, les coulisses, l'intérieur des tubes de dentifrice, les coffres-forts. J'aime encore plus l'ultra-secret, l'impénétrable mystère. On ne dirait pas, comme ça. Les gens croient que je parle beaucoup. Je bois tout, je mange tout, mais je ne dis pas tout. Quand je pense que, dans les romans policiers, il y a toujours un méchant qui monte en avion avec une malette qui fait tic tac, tic tac, et que je suis en train de caresser les mains de ma propre mine antipersonnel! Tac tic, tac tic. Je suis blotti près d'une bombe sexuelle sur le point d'exploser, qui pourrait faire voler ce qui reste de ma vie en éclats. Déjà que dans un avion, on est dans une torpille sidérale. Pour être franc, j'ai bien cru qu'on allait y rester. De mon autre main, je flattais l'intérieur du hublot, merci bonne vitre, merci bonne vie. Plus je me meurs d'extase et moins j'ai envie de mourir. Plus j'habite cette planète liquide, plus je l'aime. Crever en érection, en frôlant l'amour avec un ange en plein ciel, doit faire rêver des millions de malades qui attendent en sursis sur leur lit d'hôpital.

— Vous tremblez, Laura. Vous avez les mains glacées.

— J'ai beau croire à la réincarnation et me dire que la mort n'est qu'une transition, un passage, un nouveau départ, une renaissance, et que nous sommes des mutants, je ne suis pas pressée de faire le dernier voyage.

— J'ai appris avec les années à respecter les croyances et le merveilleux de tout le monde. Mais pour moi, quand on entre au pays des morts, on tombe dans un grand trou noir, et tout s'arrête. Dès que le souffle de vie s'envole, le sang coagule, le cerveau s'atrophie et la matière se désorganise. C'est mon petit côté médecin décompositeur qui vient avec le musicien compositeur pour le même prix. À partir du moment où la matière est désintégrée, il n'y a plus de pensée, plus de rêves, plus d'imagination possibles. Toutes vos idées d'ultime voyage viennent de l'évocation d'images déjà perçues. On s'imagine un dieu, qui s'imagine un homme, qui s'imagine un plus grand dieu, qui s'imagine encore un plus grand dieu, qui s'imagine une plus grande déesse, encore plus imaginative que vous, jusqu'à l'infini.

— Je veux bien. Mais n'avez-vous pas l'impression de temps en temps que vous avez déjà vécu une autre vie dans un autre siècle, et que vous vivez une scène précise pour la deuxième fois?

— Les gens qui disent comme vous sont des gens qui ont beaucoup lu et qui ont vu beaucoup de films. Jamais des pygmées. En plus, ils se revoient toujours en roi ou en princesse. Jamais en deux de pique ou en trou de cul. C'est tout à fait humain. En fait, on ne peut rien imaginer d'inhumain. Même quand on scénarise des petits triangles verts qui n'ont pas de pattes, mais qui marchent, qui n'ont pas de bouche, mais qui peuvent vous manger, c'est encore très terrien. Mon avantage sur vous est que, s'il n'y a rien après la vie et que vous ne me croyez pas, vous n'aurez même pas la joie d'être déçue. Alors que moi, puisque je ne m'attends à rien, je ne pourrai être qu'agréablement surpris. Ce que je crois, par contre, c'est qu'il y a des planètes cinquante fois plus grosses que la Terre où nous irons un jour, et au lieu de n'avoir que deux sexes, il pourrait y en avoir six ou sept. Des farçons, des guilles, des fommes, des hemmes, des autosexuels, des hermaphro-homo-hétéro-j'sais-pas-trop et, puisque vous avez fait le tour de nos deux sexes, il vous suffira d'écrire sur les autres pour qu'ils se mettent à exister. Mais avant tout, il faut d'abord qu'ils naissent dans votre imaginaire. J'avoue que je serais curieux de pouvoir comparer leurs instruments de musique et leurs bières avec les nôtres et d'assister en direct à l'une de leurs orgies.

Soudain, un bruissement de désespoir fit trembler les parois métalliques du fuselage. On eut dit un éléphant frappé par la foudre.

— Avez-vous dit «orgies»? J'ai l'impression qu'on est en train d'émasculer quelqu'un dans les toilettes arrière.

La belle créole, déchirée par ce concert de râles, ne sait plus si elle doit rire ou pleurer. Elle nous explique qu'il n'y a rien à faire pour décoller le cul de la grosse Léonie, qu'une succion inexplicable rive à la cuvette des toilettes. Elle a dû peser accidentellement sur *Flush* avec son coude pendant qu'elle était assise. Ils ont même demandé qu'une équipe de secours de Plombiers sans frontières soit prête à intervenir à l'aéroport de Fort-à-Pitre dès que l'avion touchera le sol.

— J'espère que sa vie n'est pas en danger.

Et il attendit qu'elle s'en aille avant de rajouter:

— Autant que la mienne.

Il ne se lassait pas d'admirer ce visage de madone qui se découpait sur le hublot dans les restes de fumée.

J'ai oublié de vous dire qu'ils avaient changé de place tout à l'heure, pendant leur transport aux alentours de la page cent. Ça m'arrange maintenant d'être assis à sa droite. Après tout, c'est mon livre, je suis en train de l'écrire, je peux faire ce que je veux.

Il était en proie à un sentiment de frayeur délicieux qui lui était de moins en moins étranger, lorsque arriva une photocopie de jeune *rapper out of focus,* à la casquette de travers, sorti tout droit d'un clip hip hop, qui le fit sursauter en le tirant par la manche.

— *Hey! Man!* peux-tu m'donner un orthographe?

Je m'exécutai en lui expliquant d'une manière très *cool* qu'on disait autographe, du grec *αυτοσ, γραφοσ,* rajoutant pour ma voisine combien il était émouvant et gratifiant pour un artiste de toucher trois générations, et encore les très jeunes, après tant d'années.

— Je m'en fous de ton orthographe. C'pas pour moi, c'pour ma grand-mère. Elle a tous tes disques, mais elle est trop gênée pour venir t'le d'mander.

— Ça fait quand même plaisir. La plupart du temps, c'est pour leur mère, leur sœur ou leur beau-frère. Presque jamais pour eux. Et vos parents, Laura, ils sont fiers d'avoir une fille pornographe?

— J'ai des parents terribles. Mon père, Jean-Paul, saute toujours le mur, et ma mère Simone, qui est dans la force de l'âge, est encore folle des deux sexes. Elle peut mettre ses chevilles derrière ses oreilles jusqu'à la nausée. Ils me lisent pour s'exciter avant de se mettre au lit, les mains sales.

— Quelle réussite! Je vous envie. Moi, mes parents préféraient aux miennes les chansons de Bing Crosby et de Charles Trenet. En plus, devenir célèbre tout en restant anonyme était mon rêve secret le plus cher. Maintenant, trop tard, c'est raté. C'est irréversible. On n'est vierge qu'une fois. C'est pour ça qu'il faudrait réfléchir deux fois plutôt qu'une avant de montrer sa gueule dans les journaux ou à la télé. Suivant l'exemple du petit rappeur, un couple de Français, BCBG, Fig Mag, très distingué, avec tellement de classes... qu'ils auraient pu s'ouvrir une école, m'aborda poliment.

— *On s'excuse beaucoup de vous demander pardon, mais ma femme, qui est très physionomiste, vous a immédiatement reconnu. Rassurez-vous, nous ne vous quémanderons pas d'autographe, même si notre fille, Marie-Ségolène, qui vous a-do-re, ne nous croira jamais. Mais les moments de grande frayeur que nous venons de vivre nous ont rapprochés malgré nous. C'est tout à fait inoubliable, une expérience comme celle-là. Si je pouvais me permettre de vous emprunter un tout petit moment votre Expansion, il y a un article sur les produits de luxe qui m'intéresse au plus haut point, étant moi-même dans la parfumerie. D'ailleurs, vous ne trouvez pas que dans cet avion il y a une drôle d'odeur depuis le départ, et que ça s'aggrave sauvagement? Je m'étais promis de me procurer ce périodique — parfois racoleur, soit dit entre nous —, mais vous connaissez Paris et ses embouteillages, depuis le temps que vous y faites des sauts. D'habitude, on le trouve toujours en cabine, sauf que, en cette saison, ils affrètent des avions un peu ridés. Remarquez qu'il n'y a rien à dire, celui-ci s'étant formidablement bien comporté pendant le jet-stream. Épatant. É-pa-tant. Mais permettez-moi de me présenter, je suis le comte Yvan de la Lavande et je vous présente mon épouse Marie-Claire, qui est elle-même décoratrice. Ma Marie-Claire adorerait feuilleter votre Marie Claire. Oui, je sais, c'est une coïncidence amusante. Elle meurt d'envie d'y jeter un œil, mais elle est beaucoup trop intimidée pour l'emprunter, ne serait-ce que cinq minutes, à votre femme...*

... À votre femme! Ces trois derniers mots le firent presque atterrir. Ce n'était pas sa femme, ni en mieux, ni en pire, juste une créature céleste qui le rendait fou, un virus qui lui faisait perdre la raison. Il n'avait pas décidé ni choisi de tomber amoureux. Personne ne lui avait ordonné, ni même suggéré, d'aimer cette femme. Il était aux prises avec une fatalité contre laquelle il ne pouvait pas lutter, et son seul regret était de ne pas avoir de remords. Il était aspiré par une fée, dévoré par une sublime aura de la raie, sur laquelle il n'avait aucun contrôle. Un goût de foutre qui fendait le septième ciel à la vitesse de sept cents kilomètres/heure. Il lui répondit sur un ton sec qui lui était jusque-là étranger:

— Ma femme ne lit pas ce genre de littérature frivole et superficielle. C'est mon *Marie Claire* à moi. Je veux bien vous le prêter, mais il s'appelle «reviens».

Ce raseur fait en laboratoire mériterait un stand d'honneur au prochain Salon du snobisme et de l'avarice du seizième. Derrière eux, deux Allemandes style Club Med La Caravelle, qui avaient un peu abusé de la plongée-bouteille, commençaient à élever la voix pour draguer deux tennismen français, musclés et pré-bronzés aux ultraviolets:

«Che n'aime bas drop le zoleil, zauf zur le badeau, barce que zur le badeau, il y a le fent pour le fisache. Chaime peaucoup le fent. Pas fous?»

— Merci, *Thank you, Dents d'cochonnes!*

Le coup de foudre, comme si mon cœur tout mou était remonté derrière mes oreilles qui crient, et qu'une musique silencieuse fondait au fond de ma gorge, avec un goût de bonbon de LSD...

Une secousse sismique faisait jaillir mon âme de mon corps par tous les poils de ma peau pour s'engluer dans la sienne.

Le cap'tain Just Speaking annonça la température au sol. Je n'écoutais pas, mais je sais que, en hiver, il fait toujours un beau vingt-huit degrés le jour et dix-neuf la nuit, avec un brin de pluie jusqu'à la fin janvier. Au Québec, c'est à peu près la même chose, mais à l'envers, sous zéro.

Mon cœur se dilatait pendant que je prêtais mon cou à la bouche de Laura, qui me murmurait, aguichante:

— Vous allez me laisser un numéro, une adresse. Il faut qu'on se revoie. Pour vous, ce sera facile de me joindre en tout temps sur mon *palm-top*. Rassurez-vous, quand Éros est dans les parages, je fais semblant que la communication ne passe pas.

— Ça me semble difficile et compliqué. Presque impossible.

— Vous avez peur à cause d'Éros?

— Non. À cause de moi, surtout. À cause d'elle aussi, elle qui a tout fait pour moi, à qui je dois ma vie, mon bonheur, ma joie. Rébecca, elle qui a tellement fait pour moi, qui m'a tout donné. La seule solution pour que cette amitié amoureuse tombée du ciel ne dégénère pas en adultère du cœur serait que je ne vous rappelle plus, qu'on ne se revoie plus jamais.

— Plus jamais? *Nevermore?* Vous me crucifiez, Samson! Vous m'arrachez le cœur! Moi qui vous prenais pour le Beethoven de la passion amoureuse!

— Je me croyais amoral, mais il y a une ligne que je ne peux pas franchir. Certains êtres ont le courage de tout laisser pour suivre l'objet de leur passion. Jusqu'en Enfer. J'ai peur, et quand j'ai peur, je le dis, je ne suis pas un lâche. Qui sait si, après vous être endormie trois nuits dans mes bras, vous n'allez pas vous réveiller avec l'envie de vous enfuir pour retrouver Éros?

— Même chose pour vous. Mais comment le savoir si on n'essaye jamais? C'est un peu étroit de n'aimer toujours qu'une seule et même personne jusqu'à sa mort.

— Je veux bien agrandir ma vie et l'améliorer, mais je ne veux pas tout détruire. Et pourtant je vous jure que je n'ai jamais rien senti d'aussi atrocement délicieux qu'en ce moment.

— Alors, Samson les bras forts, ne sortez pas tout de suite la tronçonneuse! Une femme amoureuse peut vivre heureuse, même éloignée de son homme, si elle est persuadée qu'il pense à elle sans arrêt. C'est déchirant d'être l'otage d'une absence, mais j'adore être écartelée. Et qui vous parle de vivre ensemble? Ma grande hantise serait que vous me proposiez d'habiter avec moi. Comme vous le disiez si bien plus tôt, je nous vois très mal derrière une cafetière, lisant nos journaux du matin en petit couple, avec le craquedidelouda des tartines grillées et la radio en guise d'accompagnement. Non. Je vous propose un amour absolu, infini, éternel. Une passion qui ne sera jamais assouvie parce que fondée sur le manque, le rêve et la distance. Un amour impossible qui vous fera oublier tout ce que vous avez connu depuis la nuit des temps jusqu'à aujourd'hui. Rien d'autre n'existera... Je ne badine pas!

— Moi, quand j'aime, je veux tout partager avec l'autre. Je veux qu'elle soit toujours là! J'éprouve plus de plaisir dans la continuité que dans le changement. Je ne veux pas m'angoisser à l'attendre en regardant par la fenêtre[1], ou près du téléphone, en l'imaginant dans les bras d'un autre, ou pire!

---

[1] «Quand je ne chante pas, je regarde par la fenêtre.»
Seule phrase complète attribuée à Elvis Aaron Presley.

— Mais voyons, plus à votre âge! Plus après tant d'années! C'est une vision de l'esprit, ces choses-là. Ce n'est pas de l'amour. Peut-être de la lâcheté ou de l'habitude. En tout cas, j'aimerais bien connaître la femme de génie qui a pu vous posséder à ce point.

— Sans vous effrayer, elle est aussi féroce qu'Éros. Et vous aurez intérêt à vous pointer, armée d'une machette.

— Non seulement il faut demander la permission à Dalila, mais en plus, elle vous fiche la trouille.

— Oui. Vu que de nous deux, c'est moi le plus près d'elle, je mourrai avant vous.

— Alors c'est vraiment de la jalousie tyrannique, de la possession despotique de couple, comme je le craignais. Vous avez choisi d'être dominé, par faiblesse ou par paresse, comme la plupart des hommes que je connais.

— Je l'aime toujours comme un fou et je continuerais à l'aimer même comme une folle. Vous allez vous moquer, mais nous sommes allés tellement au bout de l'intimité qu'il n'y a pas de frontières, ni de peau, ni d'odeurs, ni de mots entre nous. Non seulement nous ne formons qu'un, mais j'ai souvent l'impression que nous vivons l'un dans l'autre. Nous n'avons qu'une seule âme.

— Alors vous ne devriez pas avoir peur de ce que je vous propose. Ne craignez rien; vous et moi, ça fera toujours deux. Vous êtes déjà tellement blanc rien qu'à l'idée d'avoir mon numéro que je pourrais l'écrire sur votre peau. Qu'est-ce que ça va être quand vous allez me téléphoner? Il est on ne peut plus fastoche à retenir: 12.34.56.78. L'idée n'est pas de faire de la peine aux autres, mais de nous faire du bien. Croyez-moi, j'aime la discrétion autant que vous, et ce que nous ressentons l'un pour l'autre est si exaltant qu'il faut le voir comme un immense cadeau du ciel.

— Un cadeau ou un châtiment.

— Un cadeau qu'il ne faut pas briser avant de l'avoir développé. Sinon, c'est l'ennui, la mort, l'encéphalogramme à plat.

— Mais j'étais très heureux, moi, avant vous. J'étais bien comme ça.

— Je n'en doute pas, mais j'ai la certitude qu'une liaison secrète comme la nôtre va nous agrandir, nous élever, nous faire évoluer dans des étages de l'amour que vous ne soupçonnez pas et nous donner des ailes pour toujours. Oh! regardez le jeu mécanique des ailes! Je crois que nous commençons notre descente.

— Pas aux enfers, j'espère.

— Pourquoi dites-vous ça?

— Parce que Satan l'habite, et dans mon cas, ça commence à faire mal.

Elle posa la main sur ma cuisse gauche ridiculement gonflée.

— *Voilà. Nous vous rendons vos magazines en vous remerciant, mon épouse Marie-Claire et moi. La chronique économique est consternante. C'est à se flinguer. Ça ne fait que nous confirmer que la France est bien mal barrée. Il n'y a plus moyen d'échapper à la violence urbaine. C'est pourquoi Marie-Claire et moi ne passons qu'une nuit dans ce département d'outre-mer, où tout peut basculer. Ces gens-là sont tout de même des Africains. D'anciens esclaves, ça ne s'oublie pas en quatre générations. Ils pourraient devenir très violents. En plus, ils conduisent comme des fous dans cette île de tôle envahie par les bouteilles de plastique. On en retrouve partout, dans les sentiers, sur la plage, jusque sous les lits de notre chambre d'hôtel! Ça défigure le décor, qui ne manque pas de perspective intéressante, par ailleurs. À Saint-Barth, au moins, on est tranquille. Il n'y a pas de golf, hélas! mais nous arpentons toute l'année les links de Saint-Nom-la-Bretêche. Alors ça va nous changer un peu. Ce n'est pas comme en Canada, où la saison est très courte, me suis-je laissé dire. Un pro m'a même raconté que, en juin, on a droit à deux muligans, because les moustiques.*

— À moins de participer au tournoi d'hiver de *La Quelque chose*, qui se joue avec des balles rouges dans la neige.

— *Ah bon! C'est tout à fait innovateur! Mais quelle riche idée. Il faut que j'en parle à ma prochaine réunion du comité Colbert. Expliquez-moi un peu mieux tout cela.*

Me and my big mouth! J'aurais dû la fermer! Quand je pense que ce pot de colle en éprouvette est en train de miner le tête-à-tête le plus céleste de mon existence.

— Bref. Nous damons les *fairways* comme des pistes de ski, avec les mêmes grosses machines et bla bla bla. Mais nous arrosons les *greens* pour qu'ils soient bien glacés, et rah rah rah. Et quand on perd sa balle rouge dans la poudreuse, on n'a qu'à suivre le trou où elle s'est enfoncée, blah blah. Par contre, si un ours s'empare de votre balle, vous ne perdez pas de coup, et rah rah. Mais il faut s'habiller chaudement. Blah!

— C'est tout à fait passionnant! Renversant! Époustouflant! Je n'aurais jamais cru qu'on puisse jouer au golf dans la neige! Après réflexion, j'accepterais bien un petit autographe de votre part. Vous m'êtes drôlement sympathique, comme tous les Canadiens qui viennent en France d'ailleurs, et cet accent si charmant, comme me le faisait si justement remarquer mon épouse Marie-Claire à l'instant, alors là j'ai ce qu'il faut. Je vous confie mon fidèle Mont Blanc. Écrivez «À notre Marie-Ségolène chérie, Joyeux Noël et Bonne Année 2000». Non. Mettez plutôt «bananée», puisque nous la posterons de la Guadenique. Je suis tout à fait comme vous: j'adore les jeux de mots subtils. Pour changer de registre, vous n'êtes pas sans savoir que le conflit entre la banane et la canne est de plus en plus inéluctable dans les Antilles. Vous devinez pourquoi. Parce que la banane subit des avaries considérables lors des cyclones. Alors les ouvriers touchent des primes compensatoires et des subventions énormes, alors que la canne plie mais ne rompt pas. Les planteurs ne touchent rien, et ils sont furieux et jaloux de leurs collègues. C'est ça, la France; on fait tout pour inculquer au petit peuple une

mentalité d'assisté. On va peut-être faire l'Europe, mais je crains qu'on ne puisse malheureusement jamais faire la France. Et ce n'est pas le gouvernement actuel, avec ses deux virgule deux de croissance qui va nous sortir de là pour renouer avec prospérité! Et je vous épargne le quinze pour cent du Front National. On se demande où s'en va le monde.

— Excusez-moi, mais j'ai une idée de chanson, que j'ai été obligé de dire pour me défaire de cet échappé de bocal. Comme si on faisait des chansons avec des idées.

Il a rajouté, en prenant son air de grand calembourgeois:

— *Vous allez bien nous faire une petite chanson sur les trous d'air. Ha! ha! ha! Et ce sera facile de trouver l'air!*

Get lost! De l'air, de l'air, de l'air!

— Ah! vous m'avez manqué durant tout ce temps, Laura!

— Moi aussi, Samson. Cet interlude m'a semblé une éternité. Ces gens-là n'ont jamais fini de raconter leur vie. Et quand ils ont fini, ils s'arrêtent devant un miroir pour se parler.

— J'avais hâte de retrouver vos yeux, vos mains, votre souffle.

— Ça vous arrive sans arrêt, ce genre de truc? Je vous trouve bien plus patient qu'Éros. Heureusement, tous ces péquenauds sont persuadés que je suis votre femme. Je comprends que vous n'ayez jamais eu de maîtresse. Impossible de passer inaperçue en votre compagnie. On dirait mon mari... en moins... Si les femmes vont facilement vers vous, la notoriété devient un gros handicap pour les sortir sans que toute la ville en parle.

— Dans les pays asiatiques, on me regarde parce que je suis frisé, mais on me fout la paix. À New York et à Los Angeles, je suis relativement incognito, sauf si je tombe sur des francophones. Ils sont incontournables dans les restos chics et les night-clubs, où ils sont très souvent gérants, quand ils ne sont pas carrément propriétaires.

— Éros sort toujours avec quelques copains. Comme ça, on ne sait jamais très bien duquel la fille est la maîtresse. C'est son truc à lui.

— Je ne suis pas du tout rodé comme Éros. Je n'ai aimé qu'une seule femme, et les deux seules maîtresses de ma vie ont été la musique et la brasserie. Même si j'ai très envie de vous revoir, je suis terrorisé à l'idée de donner suite à cette rencontre.

— Ne vous imaginez pas que c'est facile pour moi. Ça ne m'est jamais arrivé d'éprouver quelque chose de si troublant. C'est rare d'être en symbiose parfaite, avec la tête, le cœur et le sexe de quelqu'un qu'on a toujours connu sans le connaître vraiment.

— Mais vous ne connaissez pas Rébecca. Si elle l'apprend, elle ne fera pas semblant de ne rien voir, comme Éros.

— Mon mari est encore plus célèbre et plus riche que vous. Alors j'ai tout à perdre, moi aussi.

— Il est tellement violent et jaloux que vous rêvez peut-être inconsciemment de le perdre.

— C'est tout de même le père nourricier de mes enfants. Il s'en est toujours occupé d'une manière formidable, et c'est un amant exceptionnel. Mais ce qui se passe entre vous et moi me fait oublier tout le reste. Jurez-moi que vous allez me faire un petit signe. Et puis, cette île n'est quand même pas si grande! Et nous ne sommes pas des montagnes. Nous sommes appelés à nous rencontrer. Promettez-moi d'assister au match des étoiles.

— Promettre, c'est pire que vendre. C'est dans trois jours?

— Une dernière chose: essayez d'avoir une petite pensée pour moi, ce soir, en fermant les yeux, quand vous ferez l'amour à votre femme.

— Moi qui vous prenais pour un archange! Mais vous êtes une vraie *Hell's Angel*!

— Non. J'assume mes fantasmes. À partir d'aujourd'hui, je ne ferai plus l'amour qu'avec vous dans ma tête, pour combler votre absence jusqu'à notre prochaine rencontre.

9

Vers-tu, vice et versa

Soudain, une lueur rouge feu jaillie des entrailles de la terre fit irruption sous l'aile gauche de l'avion. On voyait des coulées de lave incandescente dégouliner vers l'océan. Et pendant que le Boeing transperçait ce gros champignon de fumerolles, les cendres s'agglutinaient dans les hublots que l'éclairage de la pleine lune faisait ressembler à de vieux 33 tours de vinyle. On s'en retournait dans les ténèbres! L'image était saisissante. On aurait dit une vision atomique de l'apocalypse selon Coppola revisité par Spielberg.

— C'est le cap'tain Just Speaking qui vous parle. Je dois faire un virage pour retourner dans les nuages, une petite manœuvre sans gravité, question de rincer les vitres pour améliorer la visibilité en fonction de notre atterrissage. Nous aurons à peine dix minutes de retard sur notre horaire.

— **Merde! ça fait chier! Mauvais pour le marlin, cette connerie!** hurla un gros beauf barbu.

Un vrai, pas à peu près, fait en labo, deux crans en dessous du mimile et du blaireau moyen, avec l'haleine et la casquette Ricard, arborant fièrement un t-shirt «Parlez-moi Épargne-Logement» du Crédit agricole, un short Adidas bleu royal, des chaussettes marron mi-mollet, 50% polyamide, 50% coton, avec sandales en similicuir assorties ton sur ton. Il traversa l'allée comme un thon, attiré par les crachats de feu qui montaient de la mer en pleine nuit.

— C'est dégueulasse! Toute cette lave va changer la température de l'eau et mon poisson va foutre le camp. Et puis avec toute cette cendre à la surface de l'eau, même les requins vont s'tailler!

Au lieu de contempler, stupéfaits, comme nous l'étions tous, l'atroce beauté du cratère de Monserrat en éjaculation, il se lamentait sur son forfait de pêche au gros. Le genre de plouc qui, au lieu de s'émerveiller devant les éblouissantes ailes de Pégase, se serait contenté de lui examiner le cul.

— J'en ai pour au moins 5 000 francs de Rapala! Un an que je me prépare pour ce voyage de pêche! Et v'là-t'y pas qu'cet enfoiré de volcan va me gâcher tous mes combats! Bordel de chiotte! Y'aurait pu attendre que je sois r'parti avant d'm'les frire avec ses irruptions à la mor'moi l'nœud. Hein, m'sieur Migros qu'au Canada y a d'la neige éternelle, mais les montagnes font pas chier en déconnant du trou d'balle. J'ai mon patron qui est allé taquiner l'saumon dans votre île d'Antique Hostie[1]. Y dit qu'y a tellement d'chevreuils qu'en attendant qu'ça morde, on se retourne même pas la tête pour les zieuter, tellement que c'est pas rare!

Pendant que tout le monde se précipitait du même côté pour voir le spectacle, on entendit la voix nasillarde du cap'tain Just Speaking:

— Vous êtes priés de regagner vos sièges. Nous sommes en approche finale.

Mais le gros thon barbu qui postillonnait sur nous depuis le début du phénomène, a quand même eu le temps de me renverser les trois quarts de son café brûlant sur les couilles. Ce qui me fit surpasser les hurlements de Léonie, tout en me débarrassant *ipso facto* de l'érection insoutenable avec laquelle j'étais au prise depuis notre départ de Roissy.

L'avion amorçait douloureusement sa descente. Et, encore une fois, l'excellent Didier accourut généreusement vers moi, tout affolé, avec une

---

[1] Île d'Anticosti, pourvoirie de chasse et de pêche.
Pop.: Kenya québécois.

débarbouillette et une bouteille d'eau gazéifiée. Il insista pour frotter la tache. Heureusement que mon pantalon *banana republica,* à jambes instantanément dézippées en un éclair, était déjà couleur café. Ça se voyait davantage sur mes rotules que sur le coton. Ma supposée... femme en mieux... pliée en deux arracha le chiffon des mains du fifon, en protestant pour le faire elle-même. L'étalon haut, qui commençait à peine à se détendre en moi, la supplia d'arrêter son rapide va-et-vient, et j'aperçus dans ses yeux déçus toute la douleur d'une petite fille à laquelle on arrache une glace à la vanille.

Elle laboura ma cuisse de toutes les forces de ses ongles vermillon, entrecroisant de l'autre main ses doigts tremblants si mignons avec les miens et, de ce regard envoûtant qui n'avait jamais cessé une seconde d'être le plus beau du monde, elle me répéta d'une voix suppliante:

— Jurez-moi qu'un sentiment comme celui-là ne périra jamais, qu'on se gardera l'un pour l'autre, même quand on sera chacun chez soi, dans d'autres bras. Il n'y a rien de plus fort qu'un amour impossible. C'est l'expérience ultime.

— Vous m'en demandez trop. Pourtant, j'aime les choses fortes. Les piments qui arrachent. Les rouleaux qui malaxent. Les pluies qui tambourinent. Les vents qui écornent. Les rhums qui assomment. Je vous promets d'essayer de ne pas oublier de ne pas vous oublier.

— Ce n'est pas très fort. Vous savez, j'ai ma vie et je ne suis pas du genre à me morfondre devant un téléphone qui ne sonne pas. Mais si tout ce que vous m'avez dit n'est pas pour les oiseaux, vous allez me faire un signe avant la fin de ce siècle... qui se termine dans moins d'une semaine.

— Nous avons allumé un feu qui me tourmente. J'ai l'impression d'avoir une grenade dégoupillée dans chaque main. Moi aussi, j'ai ma vie. J'ai une femme et je l'aime même si c'est ma femme.

— PFFFFFF...

— Arrêtez. Je suis mal, très mal, même si c'est un mal qui fait du bien. J'ai l'impression que le trou d'air dans lequel l'avion a failli s'abîmer continue dans mon ventre et dans mes tripes. Mon sang circule de plus en plus vite. J'ai lâché les guides. Ce n'est plus moi qui pilote.

— De toutes façons, aimer n'est jamais simple. Même quand on est jeune et libre, les choses ne se passent jamais comme on pense. On ne peut pas tout prévoir.

— Si je n'arrive pas à vous oublier, si vous restez cloutée dans mon cœur et contreplaquée dans mon intérieur, je trouverai un moyen de vous rejoindre, à pied, en auto, en bateau, en hélico s'il le faut. Mais il y a une chose qui me ferait plaisir plus que tout au monde.

— Demandez-la-moi tout de suite.

— Pourrions-nous nous tutoyer?

— Déjà que nous avons failli nous... nounoyer quand l'avion a plongé vers la mer.

— Vous savez, au Québec tout le monde se tutoie. C'est comme un gros Club Med.

— Je croyais que c'était plutôt dû à la proximité du *«you»* anglais.

— *Well,* un peu des deux, *I guess.*

— Bon, c'est d'accord. Alors qui commence?

— Vous... euh... tu... euh... *you*... euh... *zu*.

— Vous... tu... ne trouvez pas ça moins mystérieux, moins érotique, moins excitant?

— Je ne sais pas. Embrasse-moi ici, là, dans le cou. Tu sais comment.

— Vachement cool. Toi, embrasse-moi! Non, non, pas là! Sur la nuque. Ah oui, c'est bon! C'est même mieux. Continue. Et sur les joues, et autour des lèvres. Oui, oui, oui! C'est presque doublement plus mieux, pour ne pas dire meilleur.

— Et «je t'aime», vous me le... tu ne le dis jamais?

— Non, parce qu'il y a un vide que personne n'arrive à définir derrière «je t'aime». Comme un flou, n'est-ce pas?

— J't'aime comme un flou, ou... ou... ou...

— Je ne dis pas que c'est un mensonge, mais c'est toujours soi qu'on aime à travers l'autre. Moi, dans la piquerie des vraies droguées de l'amour, je me contente de le faire et de vibrer avec mon partenaire. Quand on est au ciel à côté de quelqu'un, c'est moléculaire, et c'est plus fort qu'un *rush* de cocaïne ou d'héroïne. Mon crack à moi, il est charnel et sensuel. Les vrais intoxiqués ne s'en vantent jamais. Et puis, tout le monde se lance des «je t'aime» à grands coups de poèmes au théâtre, dans les romans, les films, les chansons, sans trop savoir ce que ça veut dire et ce que ça véhicule. C'est peut-être rassurant, mais ça a perdu tout son sens, alors que quand on s'abandonne à quelqu'un et qu'il jouit en vous, la dérive profonde qui en découle ne ment jamais. C'est un plaisir unique et très précis.

— Mais vous gagnez votre vie avec les mots.

— Et souvent avec mes maux. C'est pourquoi je préfère de loin l'action à la parole.

— Moi, je suis convaincu que l'amour, si on n'en parle pas, ça n'existe jamais. Il faut bien que quelqu'un commence quelque part pour que naisse une émotion, puis un sentiment, puis une passion amoureuse qui mène à l'amour fou. À l'amour avec un grand A.

— Ou avec un petit tAs, comme la femme de votre gros tas de pêcheur au gros de tout à l'heure.

— Merde! parlant du thon, le revoilà! Pourvu qu'il ne revienne pas me raser.

— J'ai horreur de m'excuser, surtout quand ce n'est pas de ma faute, mais j'espère que je ne vous ai pas brûlé les parties tout à l'heure avec mon kawa. D'autant qu'avec un beau morceau de femme comme la vôtre, ça doit servir plus souvent qu'à son tour dans l'temps des Fêtes! Juste avant qu'on atterrisse, pour me faire pardonner, j'aimerais vous faire signer mon gros leurre Rapala chanceux, comme vous dites bien au Cana... euh... À Québé... euh... par chez vous. J'ai déjà attrapé un thon d'une tonne avec celui-là. «Un thon d'une tonne.» Ma femme la trouve bien bonne! La mienne, c'est la rousse au fond avec le t-shirt «Menuiseries Lapeyre». Je suis comme vous: j'adore les calembours subtils. Et souvent, à table, j'l'appelle mon amour Calambour. On est tellement pareils, vous et moi! Il n'y a rien comme l'esprit. C'est pas tout, ça, mais avec du fil de cinquante livres, en plus. Je suis même rentré dans le Guiness. J'ai le record mondial du «oui elle fait chier la gamme».

J'ai deviné beaucoup plus tard, à travers son accent gaulois, qu'il s'agissait du *World Fishing Game*.

— J'étais chez vous avec mon beau-frère, dans votre beau pays de Terre-Neuve. Ah! il avait raison, notre général, quand il a crié son «Vive le Canada libre». Moi, ça m'a tiré les larmes. Si vous pouviez marquer, tenez j'ai un gros feutre indébile. «À mon ami, Marcel, le thon d'une tonne, bonne et heureuse pêche pour l'an 2000, et vive le tournoi du Marlin Club de pigeon, et vive la France.» Ah, y sont vraiment sympas, les Cana... euh... les Québé... euh... les cousins de Jacques Cartier.

10

Climax tropiquant

Pendant que cette grosse tache minable achevait de me saouler avec ses interminables histoires de pêche, je réalisai que le siège à côté du mien était vide. Tannée à mort, et je la comprenais, Laura avait disparu. Je me levai une dernière fois pour me dégourdir les muscles avant l'atterrissage. Derrière le voyant *«occupied»,* j'imaginais Laura, les dentelles de son slip coincées dans son inoubliable creux poplité (encore lui), une cascade de *pils* légèrement ambrée coulant entre ses cuisses. La crampe implacable me reprit de plus belle. *Rush! Rush!* Je retournai à mon siège. Je l'imaginais, s'essuyant délicatement avec une petite pivoine de papier blanc, et, saisissant ma plume, ce qui ne m'était pas arrivé depuis très longtemps, je fus inspiré d'un élan divin...

Scrrssthtt....................

....

Scrichttt.............................

Scrsh........

Scrrrssshtttsht.

Cette image m'inondait, me remplissait de joie chaude, et à la fois surmultipliait atrocement mes envies et mes désirs. Je bouillais sur mon siège comme un *junkie* qui attend sa dose. C'est long. C'est lon-ong, c'est lon-on-on-ong. Mais qu'est-ce qu'elle peut bien faire? Les secondes sans elle, sans son sourire, sans l'ovale symétrique de son visage, sans la lumière soyeuse sur sa peau, les rondeurs de ses formes, les plus belles qu'on puisse imaginer au monde, les odeurs de sa chevelure dorée, sa douceur, sa beauteur, sa beautardise, sa beautricitudité, indicible. Chaque seconde me semblait une heure chez le dentiste. Chouette, le téléphone! Ça va être le fun! Je m'emparai à toute vitesse du sans-fil encastré dans mon siège. 12.34.56.78. J'entendis des soupirs et des halètements profonds à l'autre bout.

— Laura?

— Anhan.

— Ça va?

Balbutiant:

— Très bien. Trop bien.

Puis, d'une voix sous-marine:

— Ah! je ne résiste plus. Ah! je coule, je pars, je viens! Oh! quelle chaleur! Je m'enflamme! Je suis en feu! Ah! je jouis! Quel plaisir! Quel délice! Parlez-moi! Parlez-moi! Je suis inondée! Quelle volupté!

— Me lover entre tes chevilles écartées

Qui brillent, Beïbeh

Me sauver dans tes pupilles dilatées

Qui vrillent, Beïbeh, Beïbeh

Mordiller ton clitoris

M'étrangler entre tes cuisses

Oukchouadéwadéou

M'étouffer dans tes tétons

Et le chanter sur tous les tons

Badoubadouwa

Qu'on se tète

Jusqu'à plus d'épithètes

Chanananana

Dans toutes les langues de la planète

Même en cunnilingus

Sur un *blues* de Charlie Mingus

Oupchoua, oupchoua.

— C'est mignon! Pas mal, à part les premières lignes.

— Mais je croyais que... que vous n'aimiez pas.

— Gardez la ligne.

— La première?

— C'est beau, mais ce n'est pas tout à fait vous. On dirait Nougaro qui aurait engrossé la mère d'Apollinaire. Simplifiez! Continuez, continuez! J'aime ça... J'aime ça... Ah! Ah!

— Après, ça se perd un peu...

Grimper au firmament

Pénétrer doucement

Le trou noir troublant

De ton étoile

T'entendre crier «maman»

Sans t'avoir fait mal.

Mais j'entends rigoler. Tu n'es pas seule? Tu te moques de moi!

C'était plus que sexuel. Cette jeune femme, que je venais à peine de rencontrer, me faisait osciller entre le contentement et la frustration et me manquait déjà comme si je l'avais connue depuis toujours. Comme si tout le reste n'était rien. J'étais son jouet. Foutu. Pendant qu'elle se branlait calmement dans les toilettes, la panique s'empara de moi. J'espionnais les Noirs dans leurs sièges. Peut-être l'un d'eux m'avait-il jeté un sort? Peut-être avais-je été victime des aiguilles plantées dans une poupée vaudou? Sorcellerie.

Je ne croyais pas du tout à ces choses-là, mais la situation n'avait aucun sens. Tout ça n'était pas normal, illogique, démesuré. Tout ça n'avait ni queue ni tête, comme une *Spice Girl,* me disais-je, macho méchant.

Soudain, je la vis sortir des toilettes sur la pointe des pieds. Elle s'avança vers moi, les yeux bordés de gratitude, pendant qu'un sourire béat, que je ne lui connaissais pas, illuminait son visage de Vénus.

— Mais où étiez-vous? Où étais-tu donc passée, bordel de merde!

— Vous ne... tu ne saurais mieux deviner.

Je commençais à m'angoisser sérieusement. À cet instant, la porte de la même toilette se réentrouvrit, et j'aperçus la gracieuse silhouette de la gazelle créole s'évaporer subrepticement vers l'autre côté de l'appareil. Je n'en croyais pas mes yeux. J'étais abasourdi. Déprimé et surexcité tout à la fois. Un tourbillon d'images mixtes me bipolarisait. Ce que j'avais imaginé était un million de milles en dessous de la réalité. Des sueurs de glace se rejoignaient en un ruisseau dans mon dos. Je ne le croyais pas. Non, mais on arrête tout. Je rêve! La femme qui venait de commencer à bulldozer ma vie était bi, ou lesbienne, ou menteuse, ou les trois à la fois. Non. Je ne voulais pas et je ne pouvais pas le prendre.

— Laissez-moi vous... t'expliquer. Gazelle est une amie de longue date. Elle aime les hommes et la queue autant que moi, sinon plus. Nous avions ce vieux fantasme que nous nous étions juré de réaliser avant l'an 2000. C'était maintenant où jamais. Nos papouilles, qu'elle observe discrètement depuis le début, l'ont excitée comme une puce au plus haut point. Nous lui avons communiqué cette envie folle par télépathie. Elle avait elle aussi, je crois, un peu abusé du bois bandé. Son mari, qui est un type formidable, joue dans l'équipe d'étoiles avec Éros. Un grand coureur; vous aurez l'occasion de le voir en action. C'est grâce à elle si j'ai toujours les meilleures places sur *Air France*. Nous en rêvions toutes les deux, comme deux adolescentes pubères, et on en parlait en blague depuis quelques mois. J'ai pratiqué le lesbianisme très souvent à travers les personnages libertins de mes romans, mais jamais pour de vrai avant aujourd'hui. C'est la première fois, et je n'ai pas trop détesté.

— Ce n'est pas vrai. Je ne vous... te crois pas.

— Mais je n'ai aucune raison de mentir. Vous... tu n'as jamais eu une expérience homosexuelle?

— Jamais de la vie!

— Et pourquoi je te croirais, moi? Ne sois pas si étriqué. Un cerveau libre comme le tien devrait être plus ouvert. Enfin, j'ose l'espérer.

— Je n'ai rien contre ça, mais ça ne m'attire pas. Je n'aime pas ça, tout simplement. Comme certaines personnes n'aiment pas le violacé.

— Je ne suis pas perverse ni esclave de quoi que ce soit. Seulement obsédée par un petit fantasme depuis quelque temps. En plus, elle m'a servi de lectrice privilégiée. Laissez-moi vous expliquer. En érotisme, comme dans toutes les formes d'art, il y a ce qui est *in* et ce qui est *out*, ce qui est snob et tout à fait *craignos* et *ringardos*.

— Instruisez-moi. Qu'est-ce qui est *out*?

— Certains clubs échangistes de Paris, les petites boîtes à partouzes de province, les accessoires grotesques, masques, cagoules, colliers de chien, fouets de pacotille, talons aiguilles, surtout en latex rouge. C'est d'un démodé tout à fait *last year*. Par contre, des progrès prodigieux en haute technologie nous ont donné le godemiché à tête chercheuse, le fin du fin, hyperapprécié des amatrices de jeu électronique.

— C'est très branché?

— Non. Existe à piles également.

— Et les pilules?

— C'est plus que *out:* c'est *off*. À proscrire complètement. Pire que le tabac et l'abus d'alcool. Des épices, par contre, cette année, comme la cardamome, le muscadet, la cannelle, le safran, le paprika, la coriandre.

— Tu m'étonnes. Ce sont celles que je mets dans mes bières.

— Les épices reviennent en force. Avec l'an 2000, le truc très *hot* en matière d'amour, avec du poil tout le tour, c'est la paraphilie.

— *My gode!* Qu'est-ce que ça mange en hiver?

— Un peu de tout, mais surtout du minou. Les pervers sévères, les fétichistes et les sadomasos sont esclaves de leurs vices et des cochoncetés laborieuses de plus en plus *hard* qu'ils doivent accomplir. Alors que la paraphilie est fondée sur les valeurs simples. La sensualité, l'harmonie, la tendresse, qui, agrémentées d'une mise en scène minimaliste et d'un zeste d'improvisation, permettent de prolonger l'extase et de l'élever à des degrés inimaginables. Il suffit de camper dans le cerveau un climat propice à la sexualité, en utilisant ce qu'il y a autour et à côté, le plus apte à nous exciter. Par exemple, Samson, malgré toi, tu nous a stimulées dans les toilettes. Ton appel a ébranlé les colonnes de dopamine qui a mené au climax explosif de notre temple œstrogénique, au lieu de l'anéantir, comme la plupart des coups de sans-fil dans ces moments vénusiens.

— Même si mon timing était parfait, je trouve ça bien compliqué, votre pa... parafoliphilie.

— Non, c'est très simple. Ce n'est pas à un rêveur professionnel comme toi que je vais expliquer que la puissance érogène de l'imaginaire peut se passer de la réalité des êtres et des gestes.

— Et moi, en tant que lecteur ordinaire, catégorie B, non privilégié, je pourrais jeter un œil sur ce texte parasexuel?

— Oh non! Ce n'est pas du tout pour vous. C'est beaucoup trop féminin. Et puis ce n'est qu'un brouillon, un tout premier jet! Plus tard peut-être. Je dois le peaufiner.

— Moi aussi je ne vous ai fredonné qu'une ébauche. Vous ne croyez pas que c'est un produit fini?

— Bon. Puisque je ne peux rien vous refuser, allez-y, branlez-vous les yeux.

— On recommence à se vouvoyer?

— À se vous voyeur, tu veux dire.

— ... Oh là là! Oh là! Oh! Ça commence très fort! Oh! Non, mais où allez-vous... où vas-tu chercher tout ça? AHON AHOON. Oh *boy!* Je comprends ton hésitation. Hmmm! Non, mais je n'en crois pas mes yeux! Mais c'est sublime! Mais c'est irrésistible! Enfin du néoporno érotico grandiose! Résolument moderne! Oh *yeah!* Outch! Ayoye!... Mais aucun aphrodisiaque au monde ne peut rivaliser avec ce paragraphe. Oh, que ça coule bien! Oh! mais quelle image bandatissimale! Et en plus, j'en ai la chair de poule. Je n'en peux plus. Tu me fais remonter la pression. Mais c'est à hurler! Ah! Et ça me fait sauter les neurones, ce texte! La la la la! Ooooh! Non, mais je rêve, mordez-moi, mais c'est incroyable, inimaginable, pas possible d'écrire sensuel comme ça! Ça nous change drôlement des femmes qui se font minettes dans les soi-disant chefs-d'œuvre de l'érotisme classique.

— C'est à ce moment précis, Samson, que votre appel est arrivé sur mon *palm-top*.

Samson dut éloigner le manuscrit avant que son propre volcan n'imite le cratère de Monserrat, qui s'abandonnait dans l'explosion verticale sous la queue de l'appareil dans des lueurs pourpres d'Hiroshima.

— Mon amour...

— Au plan de l'érotisme, je ne fais pas le poids. Je m'en rends bien compte. Vous avez dû vous marrer. Même Georges Bataille, avec ses «pisse-moi dans le cul» fait figure de Saint-Exupéry à côté de vous. Alors moi, je suis carrément Gaston Lagaffe.

— Ah! pas du tout. Je t'assure que c'était très sympa et très doux. J'ai apprécié les cunnilingus à la Charlie Mingus, et qu'on se tète jusqu'à plus d'épithètes. Pour le reste, c'est un peu léger. On voit bien que ce n'est pas votre métier. Ce n'est pas toi, ce n'est pas vous. Les gens vous aiment... pour d'autres choses. Continuez de les faire rêver avec votre beau et grand pays, et ses centaines de milliers de lacs dorés où se mirent les forêts immenses. Continuez à leur chanter la nature, l'amitié, l'amour pur, franc, style «comme je les préfère sportives, une raquette à la main». C'est plus dans vos cordes. Plus vous.

— Arrêtez, vous allez me faire pleurer.

— À cause de ce que je viens de vous dire? Alors c'est à chacun son tour, vous voyez?

— Non, justement. Parce que vous recommencez à me vouvoyer.

Mon attirance, ma fascination, ou était-ce simplement de l'amour, n'en finissaient pas de grandir à la mesure de l'admiration béate que j'éprouvais pour l'acuité de sa plume. Elle me passait le plumeau dans le cerveau et des chatouillements infinis me picotaient partout à l'intérieur des boyaux. Je bavais devant tant de facilité. J'étais sur le cul, et le mot était faible. Moi qui avais toujours rêvé d'écrire, j'avais dû me fendre en quatre pour pondre huit lignes, ♪♬*nothing more than huit lignes*♪♬, d'une chanson faussement grivoise, que même Frankie Vincent et Joyeux Descocottiers, spécialistes du genre, auraient refusé d'interpréter. Elle avait rédigé tout ça entre la banane et le fromage, les yeux au plafond, avec l'air de ne pas y toucher. Décidément, j'étais de plus en plus convaincu que le talent et la beauté sont deux grandes injustices insurmontables sur terre et dans les airs. Si on ne les reçoit pas à la naissance, toute l'énergie du monde n'y peut rien. Quoique les cons hyperactifs finiront toujours par voler la vedette aux génies, grâce à la télévision.

Je ratiocinais cette réflexion philosophique évidente en fixant l'écran caca d'oie désespérément vide sous mon nez. Les passagers livides, que la panne électronique avait privés de leurs nouvelles et de leurs films, rengainaient leur mini TV dans les accoudoirs. Silencieux. Paniqués à l'idée d'un atterrissage nocturne manuel. Et moi aussi. Au loin, on apercevait les petites lumières de Pointe-à-Pitre.

— À supposer que l'avion réussisse à se poser, je vais où, moi, par rapport à ces milliers de petites lueurs jaunes?

— Vous allez... Eh! que c'est difficile de tutoyer une déesse! Pardon. Tu vas tout à fait à l'extrémité de la grande terre qu'on aperçoit sur la droite. C'est vers la Pointe-des-Châteaux, l'endroit le plus rocailleux de l'île, où s'affrontent l'Atlantique et la mer des Caraïbes. Si tu as envie d'une thalassothérapie ou d'une bonne douche d'écume un soir de pleine lune, va te balader sur les falaises. Tu verras que ça décoiffe.

— Et vous, tu vas où?

— Moi, je vais complètement à l'opposé, vers les montagnes de la basse terre, presque au début des terres mouillées. Maintenant, il y a du monde partout. Mais quand je m'y suis installé il y a vingt ans, c'était très sauvage. Les arbres poussent de deux mètres par année. La taille des manguiers est plus grosse que celle de Léonie. C'est le paradis de la tronçonneuse, et j'adore en jouer. C'est mon solo de *fuzz* préféré, ma vengeance sur le cocorico des coqs, les chiens qui aboient à la pleine nuit, les zébus qui meuglent, les camions et les autobus qui klaxonnent dans les courbes.

— C'est si bruyant?

— Oui, mais aussi très riant. Même si ça s'est un peu dégradé depuis quelques années avec l'arrivée en masse du blaireau, entraîné par les *tour operators*.

— Ça sent fort, le blaireau. Surtout frit dans la crème solaire.

— C'est devenu le royaume du maillot moule ta queue, poutre apparente pour homme, et le coin des boulistes pour les femmes aux seins nus bleu, blanc, rouge. Les seuls qui ont conservé un peu de tenue sont les Antillais. Durant la colonisation, les Français leur ont appris à bien se vêtir et à se protéger du soleil. Aujourd'hui, ces mêmes Français viennent s'exhiber à poil devant eux. Y a d'quoi être mélangé. C'est à n'y rien comprendre pour ces petites Antilles, dont certains villages sont les derniers bastions de la civilité française et où on se met encore sur son 31 le dimanche. Ce n'est pas rare de croiser des Blacks élégantes à chapeau et des messieurs en complet cravatés toute la journée.

— Alors qu'en France, le dimanche, on joue à celui qui s'habille le plus mal. Probablement par réaction à ces jours pas si lointains où la majorité se sapait pour aller à l'église.

— Avoue qu'il y a de quoi y perdre son latin. Du côté chic, où vous allez, il y a quelques endroits huppés où vous risquez même d'être obligée de mettre un short ou un paréo pour déjeuner. Si quelqu'un s'avisait de faire ça du côté où je suis, au cœur de la Blairosie, il passerait carrément pour un Noir. C'est le congrès annuel de la caméra greffée dans le nez et du coup de soleil sur les genoux. Plus mimile que beauf comme on dit. Ils ne sont pas méchants, et plutôt sympas. Leur plus gros défaut, c'est d'être nombreux.

— Et je suis certaine que personne ne se vouvoie.

— Touché!

— Mais vous dois te faire emmerder.

— Non, pas trop, avec mes lunettes invisibles et un bonnet rasta. J'arrive à passer incognito sur les plages. En plus, quand ils sont à poil, ils ne demandent presque jamais d'autographe. Vu que dans l'eau ils n'ont pas de crayon. Ce que j'aime par-dessus tout, c'est la qualité de la mer. Après avoir essayé tous les océans du monde, je trouve que c'est le meilleur bain. Les autres mers sont souvent trop froides, ou trop chaudes, ou trop salées, ou il y a trop d'oursins, ou trop de roches, ou elles sont trop polluées, ou trop calmes, ou trop agitées, ou trop pleines de méduses, ou trop pleines de requins. Là, c'est idéal. En plus, pour moi qui adore le *body surf,* les rouleaux sont parfaits, et le sable doux est roux, ce qui est moins violent que blanc pour les coups de soleil. Surtout quand on est roux.

— Comment peux-tu dire que c'est idéal si je ne suis pas là? Nous allons être deux mois sans nous voir, et peut-être plus. Pour moi, c'est la moitié d'une éternité suisse.

— Moi aussi, ta lumière va me manquer. Nous verrons bien, en bout de ligne, s'il s'agit d'un feu de paille ou d'une vraie flamme. En plus, j'ai horreur de téléphoner depuis que je suis tout petit. C'est inexplicable. Tu devrais te méfier sérieusement de ton portable. Il paraît que, quand on le colle à son oreille, c'est un peu comme si on se mettait la tête dans un four à micro-ondes: ça brûle les neurones.

— Tu as lu ça dans *Vital* ou dans ton *Marie Claire?*

— Non. Mais j'ai un ami, très grand scientifique, qui connaissait quelqu'un qui connaissait quelqu'un qui connaissait très bien le gars qui faisait le ménage à l'intérieur de l'antenne de radio qui se trouve sur le toit de l'*Empire State Building* à Manhattan. Toute l'année, il était bronzé comme un champion *surfer* hawaïen. Malheureusement, c'était un bronzage à micro-ondes cancérigène qui l'a tué à l'âge de trente ans.

— Ce qui me renverse chez toi, c'est que je n'ai jamais la moindre idée de ce que tu vas me sortir comme connerie. On est à l'abri de la monotonie et de la routine assassine dès que tu ouvres la bouche.

— Attention! Dans l'intimité j'adore avoir la bouche fermée, même toute une journée.

— Chouette! On va pouvoir se tutoyer en silence. Ferme-la dans mon cou, ou ou! Mais tu es fou, toi!

— Non seulement je suis fou, mais je me demande si je ne suis pas en train de confondre l'emballement et l'attrait de la nouveauté avec l'amour. Dans un an, peut-être moins, tu connaîtras tous mes sketches, toutes mes chansons, toutes mes bières, mes délires, mes masques, mes attitudes, mes techniques amoureuses et mon code secret pour le guichet automatique. Je serai prévisible. J'aurai perdu mon mystère. Et tu vas me laisser pour un autre, plus jeune, plus fou, plus beau, plus neuf. J'aurai très mal. Je vais souffrir le martyre, avec du feu sous les ongles et des haches de fer rouge dans le cou. Ça va nous mener où, tout ça? Et ça nous aura donné quoi, tout ça? Nous ne sommes pas prédestinés l'un à l'autre. Cet amour n'est pas vrai. Voilà la vérité! Il faut arrêter ça, et tout de suite!

— La réalité n'est pas un endroit où il fait bon vivre, peu importe le continent sur lequel on se trouve. Et puis moi, j'adore les grandes histoires qui durent. Ça ferait un peu court comme roman. Aucun éditeur n'acceptera de publier un livre aussi mince. C'est ça, la réalité. Alors soyons raisonnables et sauvons-nous vite! Tirons-nous de là, c'est trop plat.

— Ce que je sais, c'est qu'on pourrait faire un très gros livre avec tout ce que je ne sais pas de l'amour.

— L'envie est un songe, et on n'est jamais aussi libre que lorsqu'on rêve. Alors suivez-moi. Je suis certaine qu'on ne peut laisser échapper quelque chose d'aussi rare. Je suis sincère moi aussi quand je dis que ça ne m'est jamais arrivé depuis ma première rencontre avec Éros. Pensez à Chopin, à Liszt. Ils sont la preuve que la passion est fondamentale pour l'inspiration. J'ai cru dur comme la queue de cet avion à tout ce que tu m'as dit depuis le début de notre rencontre.

— Mais crois-tu à cet article de la très sérieuse revue *Psychologie* qui prétend qu'on peut aimer d'amour deux êtres à la fois?

— Mais absolument! On peut en aimer deux, trois, quatre, cinq! Comme il y a des gens qui font l'amour six, sept, huit fois par jour!

— Oui, mais va donc essayer d'expliquer ça à ma femme!

— Heureusement que ça existe. Sinon, les sondages des sexologues, qui affichent une moyenne d'une fois et demie par semaine chez les Occidentaux, tomberaient à une misérable relation tous les trois mois. Une chance qu'il y a des gens comme nous qui font des efforts pour sortir le sexe de sa honte, au moins jusqu'aux genoux. Ah! Samson! J'ai envie que tu me serres très fort dans tes bras.

— Mais tout le monde nous regarde!

— Et personne ne nous voit. Ils croient tous que je suis votre femme... en mieux. Est-ce toujours vrai?

Et comme il pressait à contrecœur ses lèvres contre les siennes, *watch out! subito,* une lumière agressive traversa la carlingue avec la fureur de l'éclair. Spasme! La gifle aveuglante les fit sursauter à s'en taper la tête au plafond.

C'était à nouveau le thon qui venait de s'emparer de leur intimité à l'aide de son *Polaroïd.*

— **Une petite photo pour immortaliser les amoureux, en plein ciel bleu. Vous allez bien me**

la dédicacer, M. Migros. Et votre femme aussi, hein? Sinon, mes potes de La Touna me croiront jamais.

Tout, mais pas ça! Une photo de moi en train d'embrasser Laura à pleine bouche, qui va faire le tour de l'île avec cette grande gueule de gros thon d'abruti! Trop c'est trop. Il fallait que je pense vite. Il l'agitait pour la faire sécher, comme Karl Lager fait... avec son éventail, puis me la tendit en attendant que ça morde.

— Entre pêcheurs on se comprend, mais soyez prudent, vous savez que ce n'est pas sans danger de pêcher dans la Caraïbe. L'an dernier, un de mes copains pêcheurs a été emporté par trois cents mètres de fond par un marlin parce qu'il avait commis l'imprudence d'entourer le fil autour de son poignet. On ne l'a jamais revu. Un autre de mes copains s'est fait transpercer la tempe par le rostre d'un marlin, et les morceaux sont restés plantés dans son cerveau. Un autre s'est fait foncer dessus par un tazar dans une petite barcasse. Ça a des dents de loup en lame de rasoir, qui l'ont défiguré complètement. Moi, c'est pour vous que je dis ça. Mais la photo est vraiment super! Qu'est-ce qu'elle est bonne!

Je feignis le top model, emballé par une photo sur laquelle nous étions si naturels, et je rajoutai, pour bien le téter:

— C'est tellement rare! Vous savez, ma femme et moi, on en a finalement très peu, et nous n'avons pas été aussi détendus depuis tellement longtemps! Les tons sont très lumineux et regardez-moi ce cadrage asymétrique! Oh! on se reconnaît bien, tous les deux. Surtout moi. Et si vous pouviez nous la laisser, quitte à en refaire une autre tout de suite, ce serait notre plus beau cadeau de Noël. Allons, entre pêcheurs...

Nous nous sommes avancés tous les deux, bien crispés sur le bout de notre siège, en lui offrant notre sourire sportif le plus commercial. Clic, clac, Kodak, tout le monde était content. «À Marcel, à toute sa famille et à tous ses amis, le plus mordant des Noëls et la plus... poisseuse de toutes les années, en souvenir d'un vol inoubliable dont on reparlera pendant des siècles et des siècles. Ainsi soit-il! Sincèrement, tendresse et amitié pour toujours, Samson Micreault, à très bientôt.»

— **Votre femme aussi. J'y tiens par-dessus tout.**

Sans perdre son cool, Laura fit un gribouillis qu'aucun pharmacien n'aurait jamais pu déchiffrer. FFiouh! On l'a échappé belle. Comme ça, même si Éros a envie d'une petite plongée à Terre de Haut et qu'il tombe sur cette photo, on a l'air de ne pas se connaître.

— C'est quand même emmerdant, ces gens qui s'emparent de votre vie privée uniquement parce que ça les amuse de faire bouger le bout de leur index.

— Heureusement que j'y suis habituée avec Éros. C'est ça, multiplié par dix. Et votre femme, ça l'énerve aussi?

Le portrait de Rébecca! L'idée qu'elle puisse apprendre un jour cette infâme trahison — car c'était bien de cela, en minuscule, qu'il s'agissait — me troua le corps de bord en bord. J'étais dans l'œil du cyclone, abasourdi par une tornade de tourments dont je n'entrevoyais plus la fin. Il fallait sortir tout de suite le sécateur, le coutelas. *Now!* Je ne joue plus!

Déjà, les balises bleues de l'Aéroport international de Fort-à-Pitre étaient en vue. On nous demanda pieusement de poser la tête sur les genoux, les bras croisés, après nous être assurés que toutes les tablettes étaient bien rangées et que les fauteuils étaient complètement redressés. Hou! tabarnak que je n'ai pas aimé ça, mais pas du tout! Au moment pile où je croyais qu'on allait toucher le sol: double dièse. Le pilote a remis les gaz à fond et j'avions vu l'*airplane* se redresser comme un marlin lancier qui saute hors de l'eau. Je vous raconte ça parce que j'en ai déjà attrapé un. Le troisième dans toute l'histoire de la Guadenique. Je ne suis pas dans le *Guiness,* mais si j'avais raconté ça au thon, il serait encore accroché à mes patogas, avec son Rapala flexo fluo. Que voulez-vous! Nous sommes deux cents millions de golfeurs et de pêcheurs, et là-dessus, il y a cent millions de crétins. On n'y peut rien, alors les chances sont fortes de tomber sur un thon. Il faut faire avec. OUAÏÏIHH! Je relevai la tête juste à temps pour apercevoir dans la pénombre, balayée par un rayon de lune, une rangée de palmiers royaux que nous venions d'éviter de justesse au bout de la piste. Câlisse de bout d'crisse de ciboire! Que j'avais soif! Je rêvais d'une *Fin du monde*. J'aurais bu n'importe quoi. Une *Pils,* une *Lager,* une *Ale,* une *Geuse,* une *Bitter,* une *Stout,* une *Dry,* même une *Ice,* quand on dit n'importe quoi!

Le cap'tain Just Speaking avait mal jugé la longueur de la piste. Il vira vers l'Est pour s'appuyer sur les alizés, en bon pro au salaire qu'il était payé, et il recommença la manœuvre. Le noir silence, ponctué d'une pause et d'un soupir et demi, fut pulvérisé par le beuglement d'un zébu transpercé par la foudre. Le mugissement familier venait de la toilette arrière. Laura me labourait les mollets en me mordant le genou. Il n'y avait aucun doute, on assistait à l'agonie de Léonie. La très forte femme, pour demeurer politiquement correct, avait dû subir une descente d'organes au creux du looping et, à l'oreille, on pouvait supposer la piscine crevée.

Une chaleur infernale incendiait la cabine depuis qu'on volait à basse altitude, et la panne de climatisation rendait l'air de moins en moins respirable et de plus en plus irrespirable, comme vous voudrez. Entre l'urine, les vomissements, la merde et la transpiration, on avait déjà dépassé les Indes depuis longtemps et on s'ennuyait de Calcutta durant la mousson. Même un fakir à clous, qui dort avec ses boas, se serait bouché le nez à deux mains. Le *air bag* du gros thon débordait et il commençait à calambourrer celui des Menuiseries Lapeyre. Inutile de vous dire que je n'avais plus aucune pensée, ni bonne ni mauvaise, et que mon membre mou avait rétréci en dessous de sa taille normale.

J'avais eu le bonheur de rencontrer l'homme-otarie à l'occasion d'un *talk-show,* le printemps dernier. Celui qui descend au fond d'un lac glacé pour s'amuser et qui peut rester plus de sept minutes sans respirer. J'essayai de mettre en pratique les cours accélérés qu'il m'avait donnés ce jour-là, en faisant mon possible pour inspirer et expirer une fois par minute.

Le transporteur amorçait péniblement sa deuxième descente, et Laura, qui avait cessé de me grignotter les rotules, suffoquait en tremblant contre ma poitrine ruisselante. Entre les odeurs, les cris et les pleurs, on se serait plutôt cru dans une pouponnière que dans un jumbo jet. Tout à coup, on entendit un christ de gros crissement de pneus sur le bitume. L'avion, ivre, tituba, chancela et, boom! retomba joyeusement sur ses pattes. La pouponnière se transforma *subito* en salle de spectacle, et tout le monde se mit à applaudir tellement fort que j'ai failli me lever pour saluer. Vieux réflexe de cabot professionnel. Heureusement que j'étais attaché.

Cauchemar, mauvais sort. Je vois foncer sur nous à toute vitesse, sirènes en action, une douzaine de camions de pompiers. Je vous assure que c'est extrêmement désagréable. Je voyais des lueurs rouges sous le turbo jet. La chaleur n'en finissait pas de monter. Les secouristes nous arrosaient de neige artificielle qui s'agglutinait dans les hublots, comme du *marshmallow* rôti. Les portes, aussi mortes que nous, refusaient de s'ouvrir, et tout le monde, même en première, était au bord de la cataplexie et de l'évanouissement.

— Samson, vous avez pensé à moi pendant l'atterrissage, passionnément, beaucoup ou pas du tout?

— Sincèrement, un gros peu. Mais j'ai surtout beaucoup pensé à Rébecca et à mes enfants.

— Vous avez déjà aimé quelqu'un jusqu'au vomissement?

— Non, je n'ai jamais pleuré ni vomi pour une femme, mais si cette porte ne s'ouvre pas dans la minute qui vient, je sens que ça va m'arriver.

La gazelle des Antilles, sentant le malaise venir, apporta des compresses humides qu'elle nous appliqua avec tendresse sur le visage. Celui de Laura, qui transpirait, inspirait encore plus l'amour, le désir de le protéger, de le caresser, de le bichonner.

— Tout est sous contrôle, nous murmura-t-elle. On répare le court-circuit. Ce n'est plus qu'une question de secondes.

Didier essuyait une larme du bout de son petit doigt enfoui dans une serviette de table et répétait nerveusement:

— Fa auvait pu êtve pive, punaive. Fa auvait pu êtve pive.[1]

Je lui répondis, pour le consoler, qu'il y a des choses encore pires que ça qui n'arriveront jamais et que je restais persuadé que l'avenir était dans le futur.

Enfin, la porte s'ouvrit, merci David Copperfield, sous les râles soulagés des *hall* trotteurs.

[1] Pour les malentendants: «Ça aurait pu être pire, punaise. Ça aurait pu être pire.»

— Eh ben, c'est quand vous l'voulez. Il était plus que presque temps.

— C'est pas trop tôt, mes cocos.

— Assez ri pour aujourd'hui.

— À quelle heure on meurt?

Une bouffée d'air chaud et sucré, de la clim en comparaison du barbecue infecte où nous rôtissions, fut injectée dans la travée. Laura me serrait la main en tremblant.

— Comment allons-nous faire à partir de maintenant? Il faudra être plus que prudents. Moi, je ne laisse jamais rien transparaître. Je suis imperméable. Mais vous, toi?

— Je suis té... ta... ni... sé!

Le thon, qui avait mis sa casquette à l'envers pour être dans le ton, m'aspergea d'un gros «Merci pour la dédicace, m'sieu' dame, on vous la souhaite bonne et heureuse, faites gaffe aux coups de soleil sur la plage et aux rouleaux... de photos. Ho! ho! ho!»

— Bon débarras.

— Bon. On se retrouve au stade de Basse-Terre alors, puisque les étoiles sont contre nous. Je suis sûre que tes ados vont adorer. Après tout ce que nous venons de vivre, il est tout à fait normal que nous ayons envie de nous revoir pour en rigoler autour d'un vieux rhum ou d'une de vos bières. Ça crée des liens, tout ça. Au fait, on en trouve sur l'île? Parce qu'Éros adore la bière autant que l'amour. J'ai oublié de vous dire que, chez lui, c'est presque une maladie. Après tout ce que vous m'avez raconté, moi aussi j'ai très envie d'y goûter.

— Laissons passer quelques jours. Ma femme a un sixième sens. Elle lit les vibrations, et l'attirance que nous éprouvons l'un pour l'autre se voit gros comme une église catholique.

— Alors venez faire un petit golf à Saint-Anchois! Laissez-moi l'heure de votre départ sur mon *palm-top* et nous nous retrouverons comme par hasard. Éros et moi commençons à nous débrouiller pas mal. Il a un *drive* à la Tiger Woods et moi, je *putt* mieux que lui.

— Ah non! je n'ai pas envie de mourir par balle. Qu'il m'assassine avec sa Grosse Bertha à la O.J. Simpson, ou avec son *sand wedge,* et puis qu'il m'enterre dans un bunker après avoir effacé les traces avec un râteau.

— Tiens, j'avais oublié cette vieille histoire. En fait, on n'a jamais prouvé que c'est O.J. qui avait assassiné sa femme et son amant.

— *Who else?* Il n'y a même pas l'ombre d'une autre piste. Et non seulement il est en liberté, mais il joue au golf tous les jours à une heure d'ici.

— C'est monstrueux. Éros prétend qu'ils ne l'ont pas condamné pour éviter une émeute raciale à l'échelle américaine.

— Entre autres. Mais c'est encore plus sale que ça. Autrefois, il y avait des hommes de loi et un semblant de justice. Maintenant, il y a des hommes d'affaires qui contournent la loi, déguisés en avocat, et qui pensent beaucoup plus à se remplir les poches qu'à faire éclater la vérité. Et ça, toute la planète l'a vu en direct à la télé. Depuis, personne, noir ou blanc, ne croit plus aux tribunaux. C'est grave.

— C'est dégueulasse! Mais vous exagérez! Jamais mon Éros ne serait capable d'une telle atrocité.

— Ce sont probablement les fameux derniers mots de son ex-femme.

— Soyons sérieux. J'ai envie de trembler pour d'autres raisons. Tu n'as pas de bagages à main?

— Non, que ces magazines que je n'ai pas eu le temps de lire et que ma femme va dévorer avant de se coucher.

— Après vous avoir dévoré pendant que vous essaierez de m'oublier.

Elle piétinait devant moi dans l'allée. La sublimité de son derrière moelleux, qui frôlait mon ventre, me manquait déjà. Je n'avais pas besoin de jurer ou de promettre quoi que ce soit. Il était évident qu'à moins d'être frappé subitement par une crise aiguë d'Alzheimer, j'allais continuer à la porter en moi. Ses rondeurs me donnaient envie d'avoir quatre mains. En passant sous le voyant *Exit,* je la sentis s'exciter. La belle créole la prit doucement dans ses bras, la pressa contre ses seins pointus et l'embrassa tendrement sur le front et les joues. Deux grosses larmes, longtemps accrochées sur le rebord des cils, n'en pouvant plus, se mirent à rouler jusqu'au bout de son nez. Devant cette scène attendrissante, j'eus moi-même envie d'en verser une, en songeant, à mon insu et malgré moi, aux ébats amoureux auxquels je n'avais *pas participé* alors qu'elle n'était... *pas partie pisser.* Je promenai un dernier regard ému entre ce siège vide qui m'avait marqué à vie et le loquet vacant des toilettes,  et je sortis comme le chien que j'étais, sale, mais vivant.

En descendant l'escalier mobile, je fus saisi d'un vertige inconnu jusqu'alors. En me retournant une dernière fois pour remercier ce bon vieux coucou qui m'avait sauvé la vie en plein ciel, j'eus le pressentiment qu'un danger bien plus grand encore m'attendait sur le plancher des vaches. Tout était trop neuf, trop *clean,* trop carré. Je gardais la nostalgie de l'ancien hangar, de son côté cambrousse colonial et de son humidité à l'odeur particulière que seul Jean-Marie Gustave Leclezio pourrait précisément décrire. Bon! Cessons d'être sentimental et admettons que le nouvel aéroport, avec sa silhouette d'ibis en dentelle de métal et son béton arrondi est une belle réussite.

11

J'ai perdu ma page

Laura partit en sautillant dans la file de droite pendant que je trottinais, perdu comme un chabin[1] dans celle de gauche. Bien qu'il n'y ait eu qu'une douzaine de personnes devant nous et que la queue n'ait pas été très grosse, ce passage des douanes me sembla plus long que toute la traversée. C'était tellement *slow* que j'avais l'impression qu'il n'y avait qu'un seul crayon pour deux douaniers. Et que je te dépose le petit tampon, et que je te reprends le petit tampon, et d'où venez-vous, et où allez-vous, et où habitez-vous, et pour combien de temps, et que je te tamponne le passeport à la bonne page, que je n'arrive pas à trouver, et que je démêle ma petite feuille rose, ma petite feuille jaune, ma petite feuille blanche, et que je te redépose mon tampon. Hon.

---

[1] Albinos aux traits négroïdes, nez épaté, lèvres charnues, yeux rouges, peau rose et cheveux blancs. Plus facile à spotter que Michael Jackson dans une foule quand c'est noir de monde.

Laura tapait du pied en roulant ses beaux yeux au plafond. Moi, j'étais habitué, blindé. Même si on avait bien «bouygué» le nouvel aéroport, rien n'avait changé, et cette lenteur traditionnelle était ce que j'appelle ma taxe de soleil. J'aurais aimé lui expliquer le théorème génétique de mon ami David MacCanette, que je trouve assez juste. Étant descendants d'esclaves, qui travaillaient pieds et mains enchaînés par le méchant maître blanc, leur seul moyen de protester, en dernier recours, était de travailler lentement et mal, puisqu'ils n'avaient aucun droit de grève. Connaître leur passé douloureux aide à comprendre la mentalité de l'île. Ils savent être très rapides et vaillants quand ils travaillent à leur propre compte, ou au noir, embauché par un autre Noir. Vu que le président d'*Air France* était blanc et qu'il allait être blanc durant quelques années encore, même si ce n'était plus Blanc depuis longtemps, il fallait prendre son mal en patience. Ce n'était ni le moment ni le lieu, et en plus, il m'aurait fallu lui hurler tout ça parce qu'un groupe de tambours gwo-ka défonçaient leurs tam-tam et nos tympans. Ils se déchaînaient sur des airs de Noël, qu'on reconnaissait vaguement à travers l'écho de toute cette masse de béton. Le douanier, qui ne sourit jamais par principe, sauf lorsqu'un avion dérape sur la piste mouillée, en postulat du théorème MacCannette, m'accueillit d'un «Ah! Samson Micwo! chantêwe canadien. Moi pli chanter en cwéole, ma femme est vot' idole. Vous allez bien lui signer une petite dédicace. C'est le nouveau siècle. Elle s'appelle Fêtnat. Et un à ma cousine aussi, Gwaziella. Vous allez habiter dans ce magnifique moulin à Saint-Gosier? C'est là que vous allez fêter la Noël en famille?»

— Exactement. C'est tout à fait ça, répondis-je encore plus sérieusement que lui.

J'aime entretenir cette légende d'un moulin à vent de franc-maçon que j'aurais rénové à Saint-Gosier. Pendant que les touristes vont faire le tour du fameux moulin en autocar, moi, j'ai la paix dans ma petite case de Belle-Eau, à l'autre bout de l'île, où je peux pêcher en toute quiétude.

Ba ding ba dang! Mais qu'est-ce qui s'passe? J'entendis un brouhaha extraordinaire. Une bousculade rollingstonienne faisait rage derrière la porte des arrivées. À travers la vitre, une foule multicolore jouait des coudes. On voyait des gens agglutinés comme devant les remonte-pentes du mont Tremblant entre Noël et le jour de l'An. C'était l'émeute. Une nuée de Noirs virevoltait comme des oiseaux-mouches autour d'un crâne chauve. Éros, dans sa tenue de jogging dorée, était venu, incognito, accueillir Laura. Elle s'était élancée vers lui, mais il n'arrivait pas à la prendre dans ses bras, qu'il faisait tourner comme des moulinets pour disperser ses fans en délire. Même avec l'aide de la police, il n'arrivait pas à calmer ses supporters. Moi, au moins, j'avais la paix. Mais je ne voyais pas Rébecca. En matière de popularité et de notoriété, trop c'est comme pas assez. Un petit couple de Québécois m'a lancé un «Tiens! c'est not' Samson Micreault national! Une p'tite bière, une p'tite chanson, ça s'rait bon!» J'avais déjà récupéré ma valise et ma guitare. Mais qu'est-ce qu'elle fait? Ça ne lui ressemble pas!

Je vis Éros et Laura s'engouffrer en courant dans une grosse Mercedes crème. Que fait Rébecca? Elle devrait être là, elle a toujours été là! Et si un jour elle ne venait pas? Plus jamais. *Never more*. À cette pensée, un vertige pointu me vissa dans le bitume. J'étais mal. L'équipe de secours éclipsa la vedette à tout ce carnaval. On vit défiler religieusement les ambulanciers, les infirmiers et les pompiers qui poussaient en silence un chariot de porteur à huit roues. Sous un amas de couvertures, on devinait une forme inerte. On aurait dit un cachalot échoué dans une barque saintoise. Le cap'tain Just Speaking suivait le cortège, accompagné par Didier, livide, auquel l'entourage de tous ces Noirs donnait la pâleur d'un vampire édenté. Just Speaking, enlevant respectueusement sa casquette, me chuchota:

— Je crois que le cœur a lâché, ou qu'une arrivée d'air subite au cerveau, quand on a déboulonné la cuvette des toilettes, a provoqué une embolie. Les médecins ont tout essayé, il n'y avait plus rien à faire.

— Elle est morte au ciel ou sur la terre?

— Elle était déjà inconsciente quand les secours sont arrivés. Elle n'a rien senti. Heureusement. Vous savez, pour une personne de cette taille, les problèmes de cholestérol conduisent à l'artériosclérose. Et ça mène tout droit à l'infarctus. C'est fréquent.

— C'est triste. C'est terrible! Pauvre femme. Comme elle a dû souffrir! Mais ils ne vont quand même pas l'enterrer avec la cuvette des W.-C. rivée aux fesses?

— Non. Probablement que dans quelques heures, à la morgue, la déshydratation de la peau va faire que ça va se décoller tout seul.

— Et c'est la première fois que ça arrive, une chose comme ça?

— Non, malheureusement, c'est arrivé trop souvent. Avec la dépressurisation de la cabine, la succion peut se dérégler considérablement. On ne devrait jamais peser sur *flush* quand on est assis. C'est hyper-dangereux. Ça, on ne le répétera jamais assez aux passagers. Les autres s'en sont tirés avec des bleus et plus de peur que de mal. À ma connaissance, il n'y a jamais eu de décès.

— C'est épouvantable. Il n'y a pas de mots.

12

J'ai retrouvé ma plage

Une Twingo fonça sur moi à cent milles à l'heure et faillit m'écraser. C'était ma femme! Enfin! Elle bondit de la voiture pour se jeter dans mes bras et me couvrir de baisers. Ma Rébecca, mon crayon de soleil, ma splendeur! J'avais oublié à quel point elle était radieuse. Maintenant que je l'avais devant moi, je réalisais que rien au monde ni personne n'était mieux qu'elle, ni ne le serait jamais. C'était l'autre qui était comme Rébecca, mais en différent. J'étais en train de savourer chaque seconde de ma joie d'être en vie et d'être là.

Je détaillais trait pour trait le visage de ma femme... au mieux. Plus lumineux, plus doré que la lune. La blancheur de ses dents que j'aimais tant et qui me faisait saliver dès que je l'apercevais de loin. La peau de soie que mes yeux léchaient partout pendant que je subdivisais le temps en micro, en nanosecondes.

Une main se posa doucement sur mon épaule. C'était la belle créole, qui, à travers ses yeux de biche embués, exprimait silencieusement sa résignation et son impuissance face à la fatalité. Elle avait arraché son masque d'hôtesse pour retrouver son vrai visage de Timoune Guadenique.

— Eh bien! je vois que tu ne t'ennuies pas en voyage sans moi! sussura ma femme en s'approchant de moi.

— Tu ne peux pas imaginer. C'était l'Enfer. Je te raconterai. Un vol comme ça, ça crée des liens.

— Elle est très jolie, cette métisse. Tu la connais depuis longtemps?

— Après une expérience aussi traumatisante, c'est un peu comme si on avait fait la guerre ensemble.

— Je comprendrais que tu me trompes avec une fille comme ça. Elle est vraiment superbe.

Quoi! Que-whah! J'étais stupéfait. Ma femme... enfin, cette femme que j'avais épousée, choisie, cueillie comme une fleur parmi des millions d'autres, cette femme avec laquelle j'avais l'impression de ne faire qu'un depuis vingt-cinq ans, comme dans les romans d'amour éternel. Cette femme qui m'idolâtrait, qui m'avait tout donné, tout sacrifié, qui m'avait embrassé partout tous les jours de ma vie. Cette femme avec laquelle il fallait que je me batte encore chaque fin de semaine pour ne pas avoir mon petit déjeuner au lit. Cette femme qui m'avait aidé, bordé, encouragé, soutenu, que je croyais soudée à mon corps, à mon âme vingt-quatre heures par jour, printemps, été, automne, hiver, en tournée, en vacances. Cette femme qui m'abandonnait, la mort dans l'âme, le cœur déchiré, quelques heures par jour à mes cahiers, à mon piano, à ma guitare, qui venait me consoler jusqu'à la console de mon studio, qui me téléphonait à la brasserie pour savoir si la nouvelle bière était à mon goût, si les projections budgétaires de mon conseil d'administration s'étaient révélées exactes, parce qu'elle m'aimait tellement et qu'elle voulait que tout me réussisse. Cette femme qui, en un quart de siècle, m'avait laissé tout seul trois week-ends dans le Grand Nord, les plus tristes de notre vie, et parce qu'on ne pouvait pas faire autrement. Cette femme, ma femme, venait de me dire, avais-je bien entendu: «Je comprendrais que tu me trompes avec une fille comme ça». Les bras m'en sont tombés, j'en ai échappé ma guitare.

«BOÏÏÏNG!»

— Mais ça me troue complètement, ce que tu me dis là. As-tu fumé du pot? Es-tu sur l'acide?

— Non, mais je te connais... depuis le temps que tu les regardes. Un gros fabriquant de testostérone comme toi, avec ton œil qui frise, ça va bien t'arriver un jour.

— Mais je n'en veux pas, moi, de cette fille-là! C'est toi que j'aime! Elle a beau être jolie, elle est beaucoup trop jeune pour moi! Tu me vois un peu aller zouker toute la nuit à la *Cocoteraie* ou au *New Land,* entouré de jeunes mulâtres musclés sous leur camisole fluo techno, qui baveraient d'envie autour de ce canon et qui m'éclabousseraient de sueur hip hop en me rappant, «bouge de là, mononcle Sam».

— N'empêche qu'elle te regardait les yeux dans la graisse de binne. J'ai vu le courant passer entre vous deux.

— Ah non! Enlève-toi ça de la tête tout de suite, mon trésor. C'est à cause de cette tragédie qui s'est produite pendant le trou d'air. Une mort affreuse! Elle est en deuil d'une de ses tantes. Tu sais, ici ils sont tous plus ou moins cousins.

— Tu vas me raconter tout ça en détail. En tout cas, même si je ne suis pas jalouse, je préférerais ne jamais l'apprendre. Viens.

Les portes vitrées s'écartèrent devant la gazelle qui nous précédait. Elle se précipita dans les bras de son footballeur de fiancé, qui l'accueillit les baguettes en l'air, en sautillant comme un Bleu qui vient de gagner la Coupe du monde.

— Je te trouve bien en forme, mon Samson, mais qu'est-ce qu'ils sont costauds et bien faits, ces Antillais! En fait, il y a un gros match d'étoiles dans quelques jours, et les jeunes ont très envie d'y aller.

— Ah? Euh... Ils vont bien?

— Un peu trop à mon goût. Ils sont toute une bande. Je ne te raconte pas l'ambiance. Tu verras par toi-même tout à l'heure. Allez, monte.

— Quand je ne t'ai pas aperçue aux arrivées, j'ai cru que tu ne viendrais pas. Je commençais à m'angoisser sérieusement.Vroom! Vroooom!

— Je suis tombée sur un barrage de gendarmes. En cette période des fêtes, ils arrêtent tout le monde pour les faire souffler dans le ballon. Pas moyen de reculer, j'étais coincée. Impossible de faire un *U-turn*. Une demi-heure, tu le crois, ça? Heureusement, je n'avais bu qu'une petite U. L'aiguille n'a même pas oscillé. Mais là, c'est mon cœur qui tape dans le rouge. J'ai tellement hâte de faire l'amour avec toi que j'ai envie de bifurquer ici. Tu m'as manqué. J'ai envie d'un gros câlin. Si je m'écoutais, j'arrêterais l'auto au prochain sentier.

J'allumai la radio en plein milieu d'un solo de saxo sur un tempo de *zouk love* qui me ramena dans l'avion. Même assis à côté de Rébecca, le visage de Laura, capitonné dans ma tête, continuait de me hanter. J'étais otage d'une absence que je n'arrivais pas à chasser de mes pensées. Plus je m'éloignais d'elle et plus elle s'incrustait en moi. Va-t'en. Arrière, Satan!

— Je t'ai préparé une petite fricassée de lambis au foie gras pour ton arrivée. Ça va te faire oublier tous les malheurs de ton voyage. Au fait, et ton spectacle en Suisse, comment ça s'est passé?

— Bof! on a vu mieux, on a vu pire. Public snob comme une paire de claques, extrêmement exigeant, du genre qui applaudit du bout des cils. Heureusement que j'ai des années de métier et qu'ils connaissaient toutes mes chansons par cœur. On ne peut pas dire que ce soit un immense triomphe ni un tournant dans ma carrière, mais je les ai eus vers la fin. Presque du délire. Ils ont même failli se lever! Et la maison?

— Ah! la maison est nickel! Sauf ce matin: il y avait une couche de cendre sur la terrasse. Monserrat est loin d'être endormi. Par contre, le jardin n'a jamais été aussi beau. Nos voisins nous ont amené une nouvelle chatte. La mer est forte et les rouleaux me font un peu peur. Je n'y vais jamais seule. Seule, ce serait trop dangeureux. Ursule a agrandi son magasin et le maire est en prison. Il a tiré sur les flics durant une saoulerie. Le bateau de Bouchon Vouldy n'est pas encore arrivé. On n'entend que lui à la radio ces jours-ci. J'ai des nouvelles de Chambly. Il paraît que l'emballage-cadeau de la *Don de Dieu* est un succès fracassant. Tellement qu'ils seront en rupture de stock avant le jour de l'An.

Pendant qu'elle me racontait tout ça, le hublot de l'avion avait remplacé la fenêtre de la Twingo, en fondu enchaîné, et je revoyais le profil de Laura.

— Mais qu'est-ce que tu as? On dirait que tu es ailleurs.

— J'ai un peu mal au cœur. Sans doute quelque chose que j'ai pris dans l'avion et qui ne passe pas.

— Tu as pensé à moi un peu tout de même ces jours-ci?

— Tu sais que je pense toujours à toi, mon amour. Partout où je suis, partout où je vais, il y a quelque chose ou quelqu'un qui me rattache à toi, un souvenir qui te ramène dans mes pensées. Je n'arrêterai jamais de t'aimer, tu sais.

— C'est vrai? Je suis tellement heureuse que j'ai envie de pleurer.

Samson répondait machinalement à Rébecca. Il imaginait, à sa droite, la mer aux sept couleurs dont l'écume des barrières de corail sous un arc-en-ciel de lune mauve indigo lui rappelait le collet de mousse bien serré d'une bonne grosse *Trois Pistoles*. Curieusement, il ne rêvait ni aux marlins voiliers ni aux dorades coriphènes qu'il irait pêcher à la traîne dans les jours qui viennent, ni aux pique-niques bleu turquoise sous les prochains soleils dans les grands culs-de-sac marins avec sa famille et ses copains.

Pendant que la Twingo filait sous les cocotiers géants et les palmiers royaux qui jaillissaient en feux de Bengale au-dessus des phares, les vrais pétards étaient dans son cœur. Il explosait en milliards de bombes multicolores sous les étoiles. Samson serrait très fort la main de Rébecca, mais sa tête était restée dans les airs. Assez, pitié! Hors de moi, Belzébuth! Il devenait l'otage menotté d'un visage lointain qui s'emparait de tout son être, ligoté malgré lui sans que rien ni personne lui demande son avis. De toute sa vie, jamais Samson n'avait réalisé la force d'une chevelure féminine comme cette nuit.

Avec Rébecca, il avait marché, couru, dansé sur l'autoroute du bonheur. Ils regardaient ensemble dans toutes les directions en même temps. C'était plus fort et plus grand que les plus beaux romans-photos italiens en couleur. Ils avaient fondé une famille, défriché des routes, construit des maisons, monté des affaires, acheté, vendu, négocié. Ils s'étaient agrandis l'un à côté de l'autre, l'un en face de l'autre, et l'un dans l'autre. Même les jours sombres, où l'on comprend trop bien qu'il n'y a pas de direction, ils pouvaient rester immobiles dans leur bulle, soudés, figés, pendant qu'autour d'eux s'agitait le monde entier. Le petit monde, le grand monde, les petits couples, les beaux couples, les petites affaires, les grosses affaires pouvaient se défaire et se refaire, ils demeuraient inoxydables dans leur univers. Les fantastiques, c'étaient eux! Indispensables l'un à l'autre, inséparables comme un proton d'un neutron. Était-il en train de devenir fou? Était-ce possible que tout ça parte en lambeaux pour une poche d'air? Le visage de Laura l'envahissait, se répandait partout en lui, gigantesque, pluriel, tentaculaire. Dans son dos, sur sa poitrine, des oreilles aux orteils, la bête était partout et s'agrippait de plus en plus fort.

— Arrête l'auto.

— Tu ne veux pas attendre un petit quart d'heure? On sera tellement mieux pour faire ça dans notre nid d'amour.

— Non, tout de suite. Stop! J'ai un malaise.

— Mon pauvre chou! Ça ne passe pas?

— Ne me parle pas de chouououowaaaarrrrkkkk!

La portière à peine entrouverte, la peau de renard se répandit dans le fossé, sous le museau d'un petit taureau qui s'avança pour lamper le tout en trois coups de langue. Pauvre ti-beu! Heureusement que sa maman, occupée à brouter les palmes d'un petit coco, trois mètres plus loin, n'a pas vu ça.

— Oh, la vache! Ça va meuh?

Rébecca, qui était toujours à mes côtés dans les pires circonstances, n'avait jamais perdu son sens de l'humour. Je crois qu'au-dessus de toutes les gâteries, les tendresses et les caresses qu'elle me prodiguait chaque jour depuis notre mariage, c'est ce qu'il y avait de plus fort entre nous, avec l'amour. Pas après, ni devant, ni derrière, ni en dessous, mais un humour juste en face de l'amour. En fait, on se humait autant qu'on s'aimait. Elle m'a tant humé ce soir-là que son cœur à elle aussi s'est soulevé. Sa gerbe est partie très loin, à dix pieds, direct dans les yeux de la génisse. Elle a toujours été géniale, ma femme.

On est allés s'essuyer avec les immenses feuilles séchées d'un bananier qui dormait debout près d'une case nègre, en riant comme des saouls. V'là-t'y pas qu'un gros Noir foncé, qu'on n'avait pas vu surgir du fond noir pâle, s'avança, écumant, vers nous. Il était flambant nu, vêtu seulement d'une énorme machette. Même si la circonstance eut voulu qu'on l'appelât «monsieur», puisque j'en avais profité pour pisser sur son bananier, nous décrissâmes à la Speedy Gonzales vers la Twingo, dont le moteur tournait toujours. Heureusement, les portières étaient grandes ouvertes, et le monsieur un peu beaucoup en Rhumé. Ça zoukait fort dans la radio. Zandolipatinipate, zandolipatinipate, tikodak, ticocombe, tikodak, ticocombe. Ça zoukait fort en 2/4. Pendant que je bouclais ma ceinture, l'aura, auréolée de Laura, se redéroula en hologramme sur le pare-brise en plein centre, juste au-dessus du cadran lumineux. 12.34.56.78.

Rébecca conduisait d'une seule main, tout en me massant l'intérieur des cuisses. Elle connaissait par cœur tous les points du corps humain correspondant à chaque méridien. En massothérapeute amatrice mais passionnée, elle pouvait soulager instantanément tous les maux de la terre de ses doigts experts.

— Je vais vider ton estomac, pour l'instant, et plus tard je vais dégager ton foie et ta vésicule avec un bon massage de pieds. Ensuite, je te réserve la surprise du chef.

— C'est moi, le chef.

— Non! Toi, tu es le capitaine, et moi, le commandant. Crois-moi, cette année, on va apprécier notre petite case dans les arbres derrière parce que le bungalow est envahi par une bande d'ados. Et comme tu dis souvent, ça brasse dans la cabane, mon Micreault. Ils sont adorables, mais tu as intérêt à aimer le raggmuffin, le rap et Bob Marley. Ils n'écoutent que ça à longueur de journée depuis leur arrivée. Le reggae, je ne déteste pas, je connais déjà par cœur toutes les tounes des Whalers. Mais le rap hip hop commence à me gonfler. Par contre, il y a une nouvelle station de radio à Antigua que tu vas adorer, *Sun FM*. Essaie de la trouver pendant que je te masse. J'ai oublié le numéro du poste. C'est tout à fait nous. Ils font jouer tout ce que nous aimons. C'est même inutile d'acheter des disques. Ils ont tout. En l'an 2000, tu crois qu'on va s'aimer moins, plus ou pareil?

Il n'entendait qu'à demi ce qu'elle lui racontait. Son nez tourné vers la lune qui glissait comme une montgolfière de néon survolant les fumées du volcan. Chercher des animaux et des bonshommes dans les contours des nuages était depuis toujours son sport préféré. Surtout au-dessus de la mer des Caraïbes où ils s'étiolent plus loin et plus serrés qu'ailleurs. Ce soir-là, c'est une femme qu'il voyait sortir du cratère. Une femme cambrée vers l'arrière, un bras en l'air, l'autre plongeant dans l'océan, ses seins de neige pointant vers l'Étoile polaire, une femme ouatée, les jambes écartées, qui s'offrait à lui et n'en finissait plus de monter en s'étirant vers la Voie lactée. Une femme qui, et il ne rêvait pas, avait deux têtes et deux visages.

— Mon pauvre chéri, tu frissonnes. Ça n'a pas du tout l'air d'aller. Fais confiance à ta petite Rébecca. D'ici le lever du soleil, tu seras un homme neuf. Ah, ces jeunes! Je te jure qu'il y en a un, même si j'habite le Québec depuis vingt-cinq ans, eh bien, je te jure, je ne comprends pas un seul mot quand il parle. Ce n'est ni du franglais, ni du joual, ni du créole. On dirait du *Big Mac*. Mais il est tellement drôle! C'est son premier voyage dans le Sud. Hier, toute la bande lui a fait croire qu'il y avait un centre de ski avec de la neige artificielle autour de la Soufrière. Il a écumé toute la ville de Fort-à-Pitre pour trouver une paire de skis avec des bottes... bottes... bottes... bottes...

Pourquoi diable cette Laura l'avait-elle laissé entrer dans son intimité? Il avait beau lutter de toutes ses forces, elle revenait le hanter sans cesse. Il était harcelé par un regard dont l'emprise sur lui semblait infinie et éternelle. Une bonne *Maudite* allait lui faire oublier tout ça, et plus tard il en rigolerait.

— Oh! tu vas rire, ils m'ont appris un nouveau jeu de cartes! Le trou d'cul. Tu verras, c'est tordant. Il y a un président, un vice-président, un secrétaire et un trou d'cul. Le trou d'cul doit donner ses deux meilleures cartes au président pendant que celui-ci donne ses deux plus pourries au trou d'cul. Un peu comme dans la vraie vie. C'est marrant... marrant... marrant... marrant...

Si jamais cette Laura était aussi éprise de lui qu'il l'était d'elle. Si c'était vrai, tout ça. Et si c'était réciproque. Ça devenait grave, très grave.

— marrant ...marrant ...rant ...rant! C'est le premier qui se débarrasse de toutes ses cartes qui devient président, et crois-moi, quand on joue à plusieurs, et que tu es trou d'cul, tu peux le rester longtemps.

— Comme dans la vraie vie?

— Tu l'as dit, bouffi.

On devinait déjà dans le bleu de la nuit la Tête-à-l'Anglais.

— Tiens, je me sens déjà presque chez moi. Dès que j'aperçois la silhouette de l'islet Tawam.

— Ah oui, euh!... Tiens, parlant de l'islet Tawam, je ne t'ai pas raconté? Tu ne devineras jamais qui j'ai rencontré tout à fait par hasard sur la plage de la Perle, hier après-midi.

— Je ne sais pas. Arnold Chasselenigger?

— Mais non, idiot!

— Chirac, Stallone, Bill Gates, Pierre Bourque, John Glenn? Après toutes ces émotions, je suis claqué. Comment veux-tu que je devine? Je donne ma langue à la nouvelle chatte.

— Eh bien, figure-toi qu'hier, comme d'habitude, je prenais un verre au *Palmier nain* avec nos amis quand tout à coup, branle-bas de combat sous les palmiers, même les serveurs antillais étaient affolés et marchaient très vite. Je me suis dit: «Mais qu'est-ce qui se passe? Je n'ai jamais vu ça jusqu'à aujourd'hui. Les plaques tectoniques du volcan ont dû s'effondrer et le raz-de-marée fonce vers nous à cent kilomètres/heure!» Tu ne peux pas t'imaginer.

— Mais alors, quoi? Accouche! Aboutis!

— Éros Cognemoissah... Lui-même, en chair et en os! Tu sais, ce fameux footballeur superstar un peu caractériel qui avait démoli un spectateur parce qu'il lui avait souri après un coup raté. Tu n'imagines pas ce qu'il peut faire avec un ballon, ce type-là! C'est un vrai surdoué. Il jongle avec les orteils, les chevilles, les genoux, les cuisses. Oh! les cuisses! Tu devrais voir ses cuisses. Celles qui trouvent que Noah a de belles jambes sexy n'ont rien vu. Tu sais que, en vrai, il est moins coloré qu'à la télé. Plus miel, moins café. Sous son crâne rasé, il fait un peu brute épaisse, mais quand on gratte un peu, il est d'une gentillesse, d'une douceur et, surtout, d'une intelligence remarquable. Ultracultivé, mégaraffiné, hypersensible. Sans être affecté. Et c'est un grand amateur de musique. Il connaît la moitié de tes chansons par cœur. Et pas seulement les refrains. Il a une mémoire phénoménale. Rarement vu ça.

— Quoi? Il t'a adressé la parole et tu lui as répondu? Mais ce mec est un psychopathe, un tueur en puissance, un obsédé sexuel! Pire que Clit'on, Woody Allen, Mike Tison et O.J. Simpson combinés! Les journaux débordent de scandales et de poursuites à son sujet!

— Non! Je t'assure que c'est un type délicieux, tout ce qu'il y a de plus charmant. Peut-être un peu flirt. J'avoue, il a ce côté Casanova pas du tout désagréable qu'ont la plupart des séducteurs, et j'admets qu'il a une réputation qui le précède. Quand il arrive quelque part, c'est quand même le grand Éros Cognemoissah, la superstar mondiale. En plus, il a un sens de l'humour qui me fait beaucoup penser au tien. Je suis sûr qu'il te plairait énormément. Il est drôle! mais drôle! Plus que drôle. Vous êtes faits pour vous entendre.

GULP!

— Ah, justement, sa femme était dans le même vol que toi! Tu ne l'as pas remarquée? Une blonde assez frappante, plutôt jolie, à ce qu'on dit. Elle écrit des romans croustillants, comme vous en lisez avec les musiciens. On parle beaucoup d'elle en ce moment. Son nom m'échappe, mais Éros tient absolument à me la présenter. D'ailleurs, il m'a donné des billets pour «un match bénéfice» d'étoiles après-demain à Basse-Terre. Les meilleures places V.I.P., S.V.P.! Et dans sa loge personnelle! Je te signale que toute la bande d'ados est emballée à l'idée de rencontrer une idole d'une telle envergure.

RE-GULP!

— Enfin, pour faire d'une histoire longue une histoire courte, après avoir arpenté la plage une douzaine de fois en joggant et en poussant sur son ballon, poursuivi par les gosses et tous les touristes qui lui demandaient des autographes... — je ne te dis pas le nombre de ballons qu'il peut signer dans une journée... tu ne peux pas imaginer jusqu'à quel point ce demi-dieu peut se faire harceler. En fait, tu n'aurais qu'à te promener à ses côtés pour passer inaperçu.

GULP! GULP! et RE-RE-GULP!

— Bref, il désirait faire des longueurs et cherchait désespérément des palmes. Alors, pendant qu'il signait des dédicaces à toutes ses *groupies,* qui dansaient le ballet en battant des cils autour de lui, pâmées à un point tel que tous les mecs étaient verts de jalousie, j'ai eu l'idée d'aller chercher tes palmes pour le dépanner. Figure-toi que vous avez exactement le même pied.

— Le pied, le même pied... et alors?

— Alors il m'a proposé de l'accompagner, et nous avons nagé jusqu'à l'islet Tawam. Tu ne peux pas imaginer la force de ce type. C'est quasiment surhumain. Tu devrais voir les muscles de son dos quand il nage. Des dorsaux de guerrier. Je ne te raconte pas la tête de Lucienne, Maria et Françoise, qui étaient accourues de Pigeon dans l'espoir d'avoir une petite photo avec lui. Hystériques, elles étaient, les filles.

— Mais c'est impossible! Vous êtes complètement fous! C'est très, très dangereux! Vous auriez pu vous noyer! Y a des courants puissants autour de cet islet! Y a des barracudas, des récifs du corail de feu! Des murènes, des millions d'oursins! Peut-être même des requins!

— Oh! penses-tu! Avec un athlète de ce calibre, j'étais en pleine confiance. Il s'est planté quatre oursins dans le genou et il n'a pas bronché. Pourtant, il a une peau de bébé... J'ai insisté pour les lui retirer; rien à faire. Je dois admettre que j'étais complètement crevée, rendue à l'islet. Ça fait toute une distance. Même lui était presque épuisé. Alors nous nous sommes allongés une petite heure sur la petite plage de la côte, sous le vent. Tu sais, celle où il y a des petits noisetiers qui font de l'ombre... C'est très propre. Et d'un calme! Il n'y vient jamais personne. On a contemplé le volcan de Monserrat. C'est hallucinant, le nombre d'éruptions gigantesques qui ont eu lieu hier! À chaque fois, on aurait dit un immense champignon atomique. Hiroshima en pacifique dans l'Atlantique! On avait presque la tremblotte. Après, il mourait de soif. Je l'ai invité à venir prendre un verre à la maison. Il adore la bière; ce n'est pas une rumeur. Il aurait fait un sérieux trou dans ta réserve. Heureusement que les jeunes sont arrivés!

Samson, pour la deuxième fois de sa vie, se mit à avoir très, mais très, très peur! Sa femme, sa merveilleuse, sa délicieuse petite femme, qui l'aimait au point d'enlever un à un tous les pépins quand elle lui servait de la pastèque le matin. Sa femme qui avait été rivée à ses côtés toute sa vie, pour la première fois le devançait! Ça le rendait fou et ça la rendait... mmm, meilleure, plus belle, plus attirante, plus désirable, irrésistible, irremplaçable, *top of the world,* et ça pressait!

— Ralentis et tourne à droite à l'Anse à la Perle. J'ai envie d'un bain de minuit.

— Tiens! on dirait que tu vas déjà beaucoup mieux! Tu m'as foutu la trouille tout à l'heure! Je t'ai vu blanc comme la lune.

La lune, sa lune, comme une grosse boule de Noël piquée au-dessus des cocotiers, projetait des reflets pailletés si brillants qu'on aurait pu lire le *France Antilles* sans lunettes sur la plage luisante. Elle était déserte. La Twingo, tous feux éteints, roula jusqu'à la Mangrove. Pendant qu'ils n'enfilaient pas leurs maillots en douceur, une voix bien noire, bien grave, bien chaude, venue d'Antigua sur le bateau des ondes, disait tout bas:

«All the others would like to be just like Sun. But they can't be just like us, we are we and they are they and that's the way it's gonna be. Sun FM, the sunshine of your life!»

— Demain, on a une grosse journée. On repeint le ciel en bleu.

— Rébecca!

— Samson, mon Samson!

— Ma Rébecca! Si j'écrivais un roman, aimerais-tu ça être dedans?

— NE ME FAIS JAMAIS ÇA! Je suis trop bien ici, dans la vraie vie, avec toi.

Il becqua Rébecca et la rebecqua. Pendant qu'ils faisaient l'amour dans l'écume des rouleaux, la Twingo dansait sur ses pneus encore chauds. Le vent torturait les feuilles cirées d'un gros manguier couillu. Les vagues frisées fouettaient leurs poils entremêlés. Ils se pénétraient avec le désir secret de rester collés l'un dans l'autre pour l'éternité. Les poissons-papillons, les orphies et les perroquets frétillaient d'envie d'applaudir. Accompagnée par le grand orchestre des insectes et des rainettes de la nuit, on entendait au loin, noyée dans les basses qui faisaient vibrer les portes et le capot de tôle de la Twingo, une vieille chanson country qui disait:

«Each time I kiss another woman on the mouth, I think of you.»

L'eau salée lui piqua une larme. Elle coula avec celles des poissons, au fond de la mer, là où les vrais hommes auront toujours le droit de pleurer.

DEUXIÈME PARTIE

* * * * *

Le match des étoiles fut annulé en raison de la grève des Planteurs. De gros camions bloquaient le pont de la Bagarre. L'île était coupée en deux.

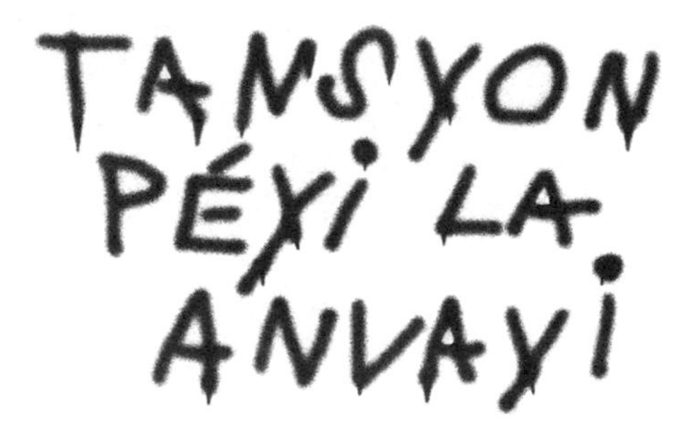

Table des matières

transcontinental
IMPRESSION
IMPRIMERIE GAGNÉ